수능을 준비하는 아들에게 보내는 편지

최진웅!　아버지다

최진웅! 아버지다

발행일	2022년 10월 31일		
지은이	최경근		
펴낸이	손형국		
펴낸곳	(주)북랩		
편집인	선일영	편집	정두철, 배진용, 김현아, 장하영, 류휘석
디자인	이현수, 김민하, 김영주, 안유경, 신혜림	제작	박기성, 황동현, 구성우, 권태련
마케팅	김회란, 박진관		
출판등록	2004. 12. 1(제2012-000051호)		
주소	서울특별시 금천구 가산디지털 1로 168, 우림라이온스밸리 B동 B113~114호, C동 B101호		
홈페이지	www.book.co.kr		
전화번호	(02)2026-5777	팩스	(02)3159-9637
ISBN	979-11-6836-551-3 03810 (종이책)		979-11-6836-552-0 05810 (전자책)

(주)북랩 성공출판의 파트너

북랩 홈페이지와 패밀리 사이트에서 다양한 출판 솔루션을 만나 보세요!

홈페이지 book.co.kr • **블로그** blog.naver.com/essaybook • **출판문의** book@book.co.kr

작가 연락처 문의 ▸ ask.book.co.kr

작가 연락처는 개인정보이므로 북랩에서 알려드릴 수 없습니다.

수능을 준비하는 아들에게 보내는 편지

최진웅!　　아버지다

최경근 지음

"사람이 너무 이성적이어서,
감성적으로 메말라 있어
인간적이지 못하다면
그건 로봇이나 사이보그가 아니겠어?

가끔은 창밖을 보고
계절의 아름다움을 느낄 줄 아는
아들이 되었으면 좋겠다."

🖌*북랩

서문

아들이 고3 때 수능 성적을 받아 왔다.

영남대 기계과에도 원서를 내기가 어려울 정도의 성적이었다. 그래서 "재수할래?" 하고 물었더니 순순히 "예."라고 말을 했다. 그리고 다시 "기숙 학원 갈래? 집에서 할래?" 하고 물었더니 "작은누나가 재수, 삼수 때 기숙 학원에서 공부하는 걸 보니 너무 힘들어하던데, 집에서 할게요."라고 했다.

속으로 '공부는 힘들고 어렵게 해야 하는데' 생각했지만 여러 말 하지 않고 "그래라." 하고 허락했다.

그렇게 시작한 재수 생활이었다.

수능이란 게 인생의 향방을 좌우할지도 모르는 시험이다 보니 공부하는 본인에게도 쉽지 않은 고통과 인내의 시간이지만 곁에서 지켜보는 부모의 심정 또한 결코 만만치 않은 인내와 고통을 요구한다.

그런 재수 생활을 마치고 아들이 받아 온 성적은 경북대 기계과에 겨우 정시 원서를 넣을 수 있는 수준이었다. "어떡할래?"라고 아들에게 물었더니 "아버지, 삼수하게 해 주세요. 이번엔 기숙 학원에 가서 하겠습니다."라고 했다. "잘 생각했다."라고 했다. 기숙 학원 경험이 있는 두 딸에게 요즘은 어느 기숙 학원이 좋냐고 물었더니 이과는 양지보다 서초가 낫다고 해서, 서초 메가스터디로 보내기로 했다. 서둘러 정시 원서를 넣고 서초 메가 기숙 학원에 데려다줬다.

그런데 6평 모의 평가에서 상상을 못 할 기적이 일어났다.

경북대 기계과에도 겨우 정시 원서를 쓸까 말까 하던 아들의 성적이 생명과학 1을 제외하고 올 1등급을 받은 것이다. 성적을 전하는 아들의 목소리에서도 들뜬 기분이 느껴졌고, 전해 들은 나도 기쁘기 그지없었다. "그래! 피땀 흘리며 공부하는 놈에겐 장사가 없는 거야. 자만하지 말고 자신감을 가지고 조금만 더 해라." 하고 용기를 복돋아 주었다.

그런데 11월의 수능에서는 6평의 성적을 너무 의식해서인지 아니면 긴장을 한 탓인지, 6평 때만큼 성적이 나오지 않았다. 그래서 성균관대 공학 계열에 합격시켜 두고 아들에게 재차 물었다.

"이젠 어떡할래? 여기서 그칠래? 더 할래?"

그랬더니 아들이 되물었다. "아버지 생각은요?" 그래서 "아버지 생각은 일단 등록을 하고 정히 네가 더 하고 싶으면 반수를 하는 쪽으로 했으면 좋겠다. 3년을 내리 달렸으니 너도 정신적으로나 육체적으로나 좀 쉬어야 한다."라고 했다.

그래서 성균관대에 등록을 했는데 어느날 아들이 "아버지! 등록을 하고 대학을 다니면서 내가 게을러지면 어떡하지요? 그러다 공부하기 싫어지면? 나도 6년제 가고 싶은데…" 했다. "그래. 마지막이다 생각하고 배수의 진을 치고 공부하는 것도 방법이긴 하다. 그런데 네 체력과 정신력이 버티겠냐?"라고 했더니 "한번 해 보지 뭐!" 하고 배짱 좋게 말을 했다.

아마 저도 6평 성적이 못내 아쉬웠던 모양이다.

그렇게 사수를 시작했고 같은 기숙 학원에 다니기가 그렇다고 해서 하이퍼 의대 기숙 학원으로 옮겼다.

그런데 결국 사달이 났다. 연속 3년을 쉼 없이 달렸던 아들이 거부 반응을 일으켰다. 도저히 기숙 학원에 못 있겠다는 거였다. 설득도 해 보고 달래도 봤지만 안 됐다.

그래서 대구 집으로 데리고 내려왔다.

몇 달을 집에서 공부를 하게 두다가, 아들이 다시 학원에 들어가면 좋겠다 싶어서 기숙 학원이 아닌 강남 대성학원으로 보냈다(코로나19로 인해 기숙 학원에 들어갈 수가 없었다.).

사수는 아들의 거부 반응 결과로 부산대에 합격하는 것으로 결론이 났다. 부산에 있는 제 큰집에서 부산대에 다녔다.

그러더니 어느 주일에 집에 와서 "아버지! 오수하게 해 주세요." 라고 했다.

그 말을 듣고 나니 아들이 초등학교 4학년이었을 때 내가 가족 모두를 데리고 대구에서 부산까지 걸어갔던 일이 생각나면서, 아들놈이 그때 저런 끈기와 고집을 배웠나 싶은 생각이 들었다(그러고 보니 공교롭게 그때 같이 걸었던 둘째와 셋째는 둘 다 사수, 오수를 한 장수생長修生이다.).

신문에서 본 22학년도는 약대도 PEET 시험 없이 수능으로 뽑는다는 것을 본 것도 힘이 되었고, 그래서 "그래! 해 봐라. 하고 싶은 건 해야지!"라면서 힘을 실어 줬다.

그리고 6월에 다시 서초 메가 기숙 학원에 등록을 했다.

그런데 아들놈이 또 한 번의 기적을 만들어 보여 주었다.

9평 모의고사를 한국사를 제외하고는 올 1등급을 받은 것이었다. 지난번의 기억이 나서 "절대 교만해지지 말고, 또 들뜬 기분 가지지 말고, 평소대로 침착히 겸손하게 차근차근 준비해라."라고 했다.

그러나 모의 평가와 수능 실전은 역시 달랐다. 그렇게 잘하던 국어를 2등급을 받아 왔다. 의대는 어려웠고 결국은 한의대에 진학하는 것으로 만족해야 했다.

한의대에 합격한 후 웃으며 아들에게 물어봤다.

"한 번 더 할래?"

그랬더니 아들이 "아니. 이젠 그만할래요. 작은누나보다 한 번 더 했으니 만족합니다."라고 했다.

이렇게 내 아들 최진웅의 대학 진학은 완료되었다. 오수로!

감히 수험생을 두신 학부모님들께 한마디 조언을 한다면, 내가 아이들을 공부를 시켜 보니까 아이들이 공부하는 스타일은 저마다 다르다는 것이다.

우리 아이들을 예로 들면, 둘째 애의 경우는 구속을 하면 굉장히 싫어하는 타입이었다. 자기 공부 계획을 자기가 알아서 짜고 그에 맞춰서 나가는 스타일이라 남이 간섭을 하면 오히려 반발을 하고 성적이 떨어지는 타입이었다.

그런데 첫째와 셋째는 누군가가 강하게 구속을 해 줘야 그에 맞춰서 공부를 하는 스타일이었다.

모든 학부모님들은 우리 둘째와 같이 스스로 알아서 하는 공부 스타일을 원하겠지만 그런 경우는 흔하지가 않고, 대부분 우리 첫째와 셋째 같은 스타일일 것이다.

그러니 그러한 자녀의 학업 스타일을 잘 알아서 준비를 하고 대응을 한다면 좋은 결실을 얻을 수 있지 않을까 생각한다.

그리고 한 말씀을 더 한다면 나처럼 아이들과 소통하기가 쉽지 않은 학부모님들 특히 아버지분들께서는 아이들과 편지를 주고받아 보시기를 주문해 본다.

나처럼 일방적으로 보내기만 해도 괜찮다고 생각한다.

처음엔 좀 어색하고 또 아이들이 어떻게 반응할까 두려운 마음도 있지만 나부터 마음을 열고 아이들에게 다가갔더니 아이들도 스스럼없이 다가와 주었다.

부모와 자식 간의 관계가 대화가 없으면 '상호의 의무와 책임만

다하면 그만이다.'라는 관계로 가기 십상이지만, 소통의 문을 여니 요즘 아이들의 고민은 무엇인지 또 어떤 것을 좋아하고 무엇을 즐기는지 친구들은 어떤지 친구들과의 관계는 어떤지 세상을 바라보는 시각은 어떤지 정치, 경제에 대한 감각과 생각까지를 오픈OPEN하게 되고 서로 의견을 주고받고 할 수 있어서 더없이 관계가 좋아지게 되고 심지어 나에게 요구할 사항을 어려움 없이 털어놓아서 마음이 편하게 아이들과 대화를 나눌 수 있게 되었다.

그리고 수험생 여러분들에게 말씀드린다. 내 아들의 수능 분투기를 간략하게 요약하여 말씀드렸지만, 여러분도 뒤에서 눈물로 기도하며 늘 아픈 마음으로 지켜보시는 부모님이 계시다는 걸 알아주었으면 한다.

그리고 이 책이 수험생 여러분들에게 특히 장수생들에게 용기와 희망을 주고 힘이 되었으면 한다. 1~2년 늦는 것이 인생의 전부가 늦어지는 것은 아니다. 1~2년 늦더라도 본인이 가고자 하는 길을 가고 있는지 정확히 확인해야 할 것이다.

인생은 길게 보고 가야 하는 것이기에, 지금 1~2년 늦더라도 본인이 가고자 하는 길을 간다면 그건 결코 손해가 아니다. 오히려 이득이고 남는 장사인 것이다.

수험생 여러분들은 청춘이다.

어른들은 청춘은 두려움이 없어야 한다고, 자신감과 가능성만 바라보고 가라고 한다.

그러나 누구보다도 두려움을 많이 느끼고 의기소침해지며 앞날에 대한 불안함을 안고 가는 게 또한 청춘이다. 하지만 그래도 젊음이라는 엄청난 무기를 가지고 있기에 용기와 희망을 놓으면 안 된다. 언제나 의기양양하며 자신감과 자존감을 온몸에 가득 채워, 바라는 바 모두를 이루는 우리 청춘들이어야 이 나라의 미래가 밝은 것이다.

오늘도 수능이란 시험으로 인해 힘들고 고달픈 시간을 인내와 끈기로 버티고 있을 우리 젊은 청춘들이여!

앞날의 무한한 가능성과 희망을 향해 달리는 그런 수험생이 되어 주기를 바라 마지않는다.

끝으로 내 딸들과 아들이 나만을 아는 사람이기보다는 '우리를 아는 사람'이기를 바라고, 남에게서 취하기를 바라기보다는 '베풀기를 좋아하는 사람'이기를 바라며, 나의 행복도 중요하지만 '남의 행복도 귀하게 여길 줄 아는 사람'이 되었으면 한다.

그리고 언제 어디서나 하나님의 사람으로 선택받았음을 영광으로 알고, 하나님의 자녀로 살아가기에 부족함이 없는 사람으로 살아 주기를 간절히 바란다.

목차

SEASON 1

삼수

첫 번째 편지

네 큰누나와 작은누나 둘도 양지에 있는 메가에서 재수를 했는데. 너만이라도 그곳에 가지 않고 끝을 내 줬으면 했는데 너마저도 서초 메가로 갔으니….

이게 우리 집의 전통이 되어 버리지는 않을까 걱정이 살짝 된다.

하지만 꿈을 위해서라면 끝까지 포기하지 않고 부딪쳐서 나아가는 것 또한 인생을 살면서 굉장히 중요한 의지와 신념의 표현이고 정신이니까, 이도 우리 집의 전통이 되면 과히 손해는 아닌 것 같다.

최진웅!

지난 한 달여는 삼수의 맛보기였고 설 연휴가 지난 지금부터는 진짜 삼수의 시작이다.

다시 한번 네게 1년이 채 안 되는 10개월의 시간이 주어졌다. 사람에 따라서는 이 10개월이 1년이 될 수도 있고, 10년이 될 수도 있고, 또 100년이 될 수도 있다.

이 10개월을 어떻게 사느냐에 따라 네 인생의 출발점이 달라진다. 그러니 이 10개월 동안의 1분 1초는 금과 은, 아니 어떤 보석보다도 더 귀한 것이다.

그러니 1분 1초도 허투루 흘려 보내서는 안 된다.

필사의 각오로, 의지와 열정을 가지고
체력의 극한까지 가더라도
오로지 내가 할 일은 이 공부뿐이란 사실을 잊지 않고
최선에 최선을 더하면
그 마지막에는 성공의 길과 영광의 열매가 기다릴 것이다.
10개월 후 승리자가 되어 영광의 면류관을 쓰느냐,
또다시 패배의 쓴잔을 삼키며 눈물을 흘리며 원통해 하느냐는
오로지 너의 의지와 열정에 달려 있다.
어느 누구도 네가 하는 그 공부를 대신 해 줄 사람은 없다.
오로지 네가 해야 하고 네 스스로가 넘어야 할 산이다.

네가 초등학교 4학년 때 아버지하고 부산까지 걸어갔던 일을 생각해 봐라.

부산에 갈 때까지는 참 힘들었다. 그자(그렇지)?

청도까진 아버지가 길을 잘 알기 때문에 쉽게 길을 찾아 갔다. 그런데 밀양을 지나면서는 아버지도 길을 잘 몰라 빠른 길을 두고 둘러서도 갔고, 길이 틀린 것 같아서 그 지역분들께 물어보기도 했다. 또 평탄한 길이라 쉬이 간 때도 있었고 가파른 산길을 진짜 힘들게 간 적도 있고….

　특히 천태산을 넘을 때는 조금만 가면 모텔이 나온다고 해서 열심히 올라갔는데 저녁 7시가 넘어 8시가 다 되도록 산길을 올라가도 숙소가 되어야 할 모텔은 나타나지 않고….

　초등학교 4학년이었던 네게는 힘든 길이었겠지만 어쨌든 우리는 4일 동안 대구에서 부산까지 걸어서 갔다.

　그때 만약 우리가 대구에서 부산까지 걸어갈 생각을 하지 않았다면 시작도 하지 않았을 거고, 또 우리가 한 발 한 발을 옮기지 않았다면 걸어서 부산에 도착할 수 있었을까?

　최진웅!

　이처럼 목적과 방향이 정해지면 반드시 내 몸이 움직여져야 한다는 사실을 잊지 말아야 한다.

　물론 길을 잃어버리면 옆 사람에게 물어도 보고, 힘들면 쉬어도 가고, 또 힘들면 옆 사람에게 좀 당겨 달라거나 밀어 달라거나 또

짐을 좀 들어 달라고는 할 수 있다.

그러나 최종 목적지에 도착하고 이뤄 냈다는 성취감의 영광을 누리고, 그 기쁨을 맛보려면 반드시 내가 가야 한다는 것을 명심해야 된다.

10개월 뒤, 아버지는 우리 진웅이가 승리자가 되어 환하게 웃으면서 아버지에게 달려오리라 믿는다.

빌립보서 4장 13절에 보면 "내게 능력 주시는 자 안에서 내가 모든 것을 할 수 있느니라"라고 되어 있다.

즉, 하고자 한다면 못 할 게 없다는 말씀이다.

힘내고 가슴 펴고 두 주먹 불끈 쥐고 용기 내서 앞으로 가는 거야.

자, 우리 진웅이! 아자 아자! 파이팅!

2019년 2월 13일에

대구에서 아버지가

두 번째 편지

☪

2월 14일, 그러니까 밸런타인데이에 아버지가 퇴근하고 헬스클럽에서 운동을 하고 있는데, 긴급히 아버지를 찾는 전화가 왔다.

알고 보니 네 엄마가 전화를 한 것이었다. 네가 경북대 기계공학과에 추합(추가 합격)이 됐는데 어떻게 해야 하나 하고 전화를 한 것이었다.

해서 아버지가 "그러면 내년엔 적어도 그 정도는 확보가 된 셈이니까 등록하지 말자." 하고 끝을 냈다. 네가 열심히 1년을 더 공부하면 그보다 나은 데를 얼마든지 갈 수 있는데 뭐가 급해서, 하는 생각도 들고 또 네가 충분히 그럴 수 있다고 믿기에….

최진웅!

마태복음 16장 19절을 보면 "내가 천국 열쇠를 네게 주리니 네가 땅에서 무엇이든지 매면 하늘에서도 매일 것이요 네가 땅에서 무엇이든지 풀면 하늘에서도 풀리리라"라는 말씀이 있다.

이 말은 천국 열쇠, 즉 성공의 열쇠는 하나님께서는 이미 우리에게 주셨고 나머지는 우리가 땅에서 하기 나름이라는 말씀과 같다.

우리가 열정을 가지고 은근과 끈기로 하루하루 최선을 다하는 자세로 학업에 임하면 종래에는 하나님께서도 풀어서 우리 손에 성공의 열쇠를 쥐어 줄 것이나, 우리 스스로 게으르기를 예사로이 여기고 어설픈 생활로 하루하루를 채우면 쥐어 준 성공의 열쇠도 없애 버리겠다는 말씀이다.

오늘 하루에 최선을 다해야 한다.

누군가 그러더라.

"오늘 내가 보낸 하루는 어제 죽은 이가 그토록 살고 싶어 하던 내일이다."라고.

오늘 하루를 허투루 여기면 그 오늘이 쌓여서 내일이 되므로 그 내일도 엉망이 된다는 사실을 절대 간과해서는 안 된다.

하루의 중요성, 한 시간의 귀중함, 1분 1초의 소중함을 절대 잊어서는 안 된다.

아버지가 다음 주에는 일본 출장을 갈 것 같다.

올해 100주년이라는 3·1절을 아마도 일본에서 보내야 할 것 같다. 그것도 일본의 수도라는 동경에서.

출장 가기 전에 네게 편지를 한 번 더 쓰고 갈 수 있을는지는 모르겠다.

아버지도 일본을 썩 좋아하지는 않는다만, 아직은 우리의 기술이 일본만 못하고 우리의 경제력 또한 일본에 많이 뒤지니, 하루라도 빨리 배워 와서 우리 것으로 만들어야 하겠기에….

아직은 한국이 많이 부족하고 갈 길이 멀다.

한국 사람 특유의 '빨리빨리' 문화와 '적당히' 또 '대충' 문화가 상당 부분 차지하고 있기에 '확실하고 정확하게'를 요구하는 글로벌 global 문화에는 아직 잘 안 맞아.

'빨리빨리'는 더러 먹힐 때도 있지만 이 '빨리빨리'가 '적당히'와 '대충' 문화와 짬뽕이 되어서 상승효과를 내면 이는 죽도 밥도 안 되는 한국 고유의 고질병인 '한국병'이 되는 거야.

아버지는 지난 10여 년을 아버지 회사의 직원들 마인드 속에 들어 있는 '적당히'와 '대충'이란 걸 잡아내기 위해서 말 그대로 고군분투해 왔다.

그런데 아직도 '적당히'와 '대충'이란 고질병이 회사의 곳곳에서 스멀스멀 기어 나온다.

최진웅!

너도 공부를 하면서 '적당히'와 '대충'은 없애야 한다.

무엇을 하든지 '확실하고 정확하게' 해야 한다. 그래야 두 번 세번 손대고 후회하는 일을 없앨 수가 있다. 공부란 게 결코 쉬운 게 아니다.

아버지가 늘 말해 왔지만 '세상에 공짜는 절대 없다.'

이건 만고의 진리다. 머리가 나쁘든 좋든 스스로 공부하지 않고 노력하지 않고 얻을 수 있는 건 세상 어디에도 없다.

성경에도 '말씀을 믿어야 구원이 된다'고 되어 있다.

즉 믿음이 있어야 한다는 전제 조건이 있다.

오늘 하루도 필사의 각오로 최선을 다하며 내일의 영광을 꿈꾸는 사람이 되자.

2019년 2월 20일에

대구에서 아버지가

세 번째 편지

☾

오늘 현풍의 테크노폴리스에 있는 공장(세 번째 공장)을 가면서 라디오를 들었는데 가수 김광석 씨의 「이등병의 편지」라는 노래가 흘러나왔다. 잠시나마 아버지가 군대에 가던 때가 생각이 나서 코끝이 찡했다.

아버지가 군 입대 한 때가 1983년 1월 27일이었으니 한참 추울 때였다.

아버지의 친한 친구들은 전부 군대에 먼저 간 상태라 아버진 친구들 송별식을 다 해 줬는데, 아버지가 제일 늦게 가다 보니 송별식을 챙겨 주는 친구도 없이 그저 청도에 계시는 할아버지 할머니께 인사드리고 입대를 할 수밖에 없었다. 청도 양원 집에서 하룻밤을 자고 다음 날 아버지가 청도 고평의 네 큰고모에게 인사하고 간다고 하니, 너희 할머닌 기어이 네 큰고모님 댁까지 따라오셔서 인사하는 걸 다 보셨다. 오후 네다섯 시경에 할머니는 고평에서 양원으로, 아버진 고평에서 청도읍으로 걸어가기로 하고 헤어졌다.

한참을 가다 할머니가 어디까지 가셨나 하고 할머니 쪽을 바라보니 할머닌 가시다 말고 서서 아버지 쪽을 바라보시고 서 계셨다. 먼 거리라 들리진 않았겠지만 추우니까 빨리 가시라고 하면서 손짓을 하니 할머닌 오히려 아버질 바라보고 빨리 가라고 손짓하고 계셨다.

그렇게 가다가 뒤돌아보고 손짓하고, 또 가다가 뒤돌아보고 손짓하고, 그렇게 몇 번을 하고 산모퉁이를 돌아서니 할머니 모습이 보이지 않더라.

그리고 그제야 아버지도 아버지가 울면서 걸어왔다는 사실을 알았다.

혼자 생각해도 할아버지 할머니께 "잘 다녀오겠습니다." 하고 큰절 한 번 제대로 하지 않고 미적미적 우물쭈물 나온 아버지 자신이 바보 같고 참 못나게 생각되었다.

지금도 그때 생각하면 네 할머니가 아버질 얼마나 사랑하고 아끼셨는지 잘 알 수 있는데 아버진 네 할머니께 잘해 드린 게 별로 없는 것 같다.

그래서 요양원에 계시는 네 할머니를 뵐 때마다 아버진 자신에게 화가 나고 수없이 자책을 한다.

진웅이 넌 아버지처럼 나중에 후회할 일을 절대 만들지 말아라. 특히 아들이라면 자다가도 벌떡 일어나는 네 엄마에겐 더더욱 만들어서는 안 된다.

최진웅!

성경 창세기 12장을 보면 "여호와께서 아브라함에게 이르시되 너는 너의 본토 친척 아비 집을 떠나 내가 네게 지시할 땅으로 가라 내가 너로 큰 민족을 이루고 네게 복을 주어 네 이름을 창대케 하리니 너는 복의 근원이 될지라 너를 축복하는 자에게는 내가 복을 내리고 너를 저주하는 자에게는 내가 저주하리니 땅의 모든 족속이 너를 인하여 복을 얻을 것이니라 하신지라"라고 되어 있다.

아버지가 성경학자도 아니고 성경을 공부하고 이를 설교하는 목사도 아니지만 아버지 나름대로 이 말씀을 해석해 보면,

여호와 하나님께서 "본토 친척 아비 집을 떠나 내가 네게 지시할 땅으로 가라"라고 하신 이유는, 편안하고 안정된 곳에 머물지 말고, 힘들고 어렵고 험한 길이 될지 모르지만 새로운 곳으로 가라는 말씀인 게지. 실제 아브라함은 75세에 편안하고 안정된 하란의 삶을 접고 말씀대로 나그네의 삶을 살게 되며, 하란에서 가나안 땅을 거쳐 애굽까지 갔다가 다시 가나안으로 올라오는 그야말로 정처없이 떠도는 방랑자와 같은 삶을 산다.

심지어 하나님께서 주시겠다고 한 가나안 땅에는 헷 족속이나 브리스 족속 등 이미 사람들이 터를 잡고 살고 있어서 애굽에 갔는데, 그곳에서는 부인인 사라까지 뺏길 뻔하기도 했고, 또 애굽에서 나와 다시 가나안으로 왔는데 하란을 같이 떠나온 조카 롯과 분쟁이 있어 "네가 좌하면 나는 우하며 네가 우하면 나는 좌하리라" 하며 헤어지기도 한다.

또 그렇게 헤어진 조카가 시날왕 등의 연합 세력의 침공에 포로가 되었을 때 80이 다 되어 가는 노구를 이끌고 전쟁을 치러 조카 롯을 구하기도 한다.

그야말로 파란만장한 삶을 살며 고난과 역경 속을 헤치며 살아간다.

그러나 끝까지 놓지 않은 게 하나님과의 관계의 끈이었다.

때문에 힘들고 어려운 처지에 있을 때마다 약속의 하나님께서는 아브라함을 지키시고 보호하신다.

그리고 아브라함도 여호와 하나님께서 주신 약속의 말씀 즉 "내가 너로 큰 민족을 이루고 네게 복을 주어 네 이름을 창대케 하리니 너는 복의 근원이 될지라" 한 이 말씀을 가슴속에 깊이 깊이 새기고 믿어 의심치 않았으리라 아버진 믿는다.

그렇기에 100세에 얻은 아들인 이삭을 산 제물로 바치라고 했을 때 아무런 불평불만이나 핑계를 대지 않고 모리아산으로 이삭을 데리고 가지 않았을까.

아마 아버지에게 진웅이 널 하나님께 산 제물로 바치라고 하나님께서 말씀하신다면 아마 아버진 "하나님! 돌았어요? 내가 미친놈입니까?" 하면서 쌍욕을 하면서 원망에 절망을 섞어 난리법석을 치고도 모자라 "그러고도 니가 하나님이야!" 하면서 막말 그대로 지랄 발광을 할 거야.

그런데 성경 말씀을 보면 어디에도 아브라함은 그렇게 했다는 내용이 없다.

그냥 순종했다는 거지. 말 그대로 주시는 이도 하나님이요 거두시는 이도 하나님이신 걸 알고 진정으로 온전히 믿고 따랐다는 거지.

최진웅!

어찌하다 보니 아버지가 목사가 된 양 설교를 한 모양새가 됐는데 아버지가 하고 싶은 말은, 편안하고 안정된 곳에 머물기보단 힘들고 어려운 곳에서 역경을 이겨 내는 삶을 살아야 성경 말씀대로 네 이름이 창대해지고 큰 민족을 이루는, 즉 큰 꿈을 이루게 된다는 거야.

그래야 네가 다른 사람들에게 베풂을 줄 수 있는 복의 근원 같은 사람이 되고 또 희망을 줄 수 있는 삶을 살 수 있는 거야.

그걸 믿고 실천하는 사람이 되어야 한다.

하나님께서 진웅이를 이 땅에 보내셨을 때는 분명한 목적이 있었을 거야.

'하나님께서 나에게 준 사명이 무엇일까?'를 생각하면서 진웅이가 오늘도 열정적으로 학업에 매진할 것으로 믿고 아버진 내일부터 일본 출장을 갔다 오겠다.

2019년 2월 27일에
대구에서 아버지가

네 번째 편지

☾

최진웅!

이번에 아버지가 일본에 출장을 가서 2019년부터 2020년까지 2년에 걸쳐서 수주 물량 약 500억 원 정도를 확보하고 왔다.

그만큼 아버지 회사의 제품이 품질적으로 일본으로부터도 인정을 받고 있다는 것이지.

아버지의 일본 지인들이 많이 도와주긴 하지만 그래도 제품의 품질이나 가격적인 조건이 맞지 않으면 절대로 저 많은 물량을 발주하지 않는다.

최진웅!

아버지는 항상 기도하면서 하나님께 간구하는 게 '아버지 하나님, 저로 하여금 요셉을 닮게 하여 주소서' 하는 것이다.

성경 창세기 37장부터 50장 마지막까지는 요셉과 야곱과 야곱의 아들들, 즉 이스라엘 족속이 애굽으로 들어가게 된 내용과 그때의 이야기로 전개된다.

 개략적으로 정리해 보면 야곱 즉 이스라엘이라고 하나님께서 이름을 고쳐 준 야곱에겐 열두 아들이 있었는데, 그중에서도 그렇게 사랑하던 아내 라헬의 몸에서 얻은 요셉이라는 아들을 유독 사랑하니까, 요셉의 형제들이 양떼를 먹이는 들판에서 죽이려 하다가 차마 친형제라 죽이지는 못하고 그 형제 중 한명인 유다의 중재로 아라비아 대상에게 돈을 받고 판다. 그리고 그 형제들이 요셉이 입었던 옷에 양 피를 묻혀 요셉이 죽었노라고 이야기한다.

 한편 대상에게 팔려간 요셉은 애굽의 군대장관인 보디발의 집에 하인으로 일하게 되는데 매사에 충심으로 임하고 하나님께서 동행해 주시어 그 집의 일을 총괄하는 집사와 같은 일을 맡게 된다.

 그러나 보디발의 아내가 준수한 요셉의 모습을 보고 음탕함이 생겨 요셉을 꼬시려 하다가, 요셉이 거부하고 돌아서 나가니까 요셉의 옷자락을 찢어서 들고 요셉에게 누명을 씌운다.

 그 때문에 요셉은 왕궁의 감옥에 갇히게 되는데, 이때도 요셉은 행위에 그름이 없었으며 또한 하나님께서 동행해 주시어 모범적인 감옥 생활을 하게 된다.

 그리고 감옥에 같이 있던, 왕궁에서 빵 굽던 벼슬을 하던 자와 술 빚던 벼슬을 하던 자의 꿈을 해몽해 준다.

 그리고 그들은 요셉의 꿈 해몽대로 술 빚는 관원은 복직을 하고 빵 굽던 관원은 처형을 당한다.

 얼마 지나지 않아 애굽의 왕인 파라오도 이상한 꿈을 꾸게 되는

데 내용은 살찐 소 일곱 마리가 지나가고 이어 비쩍 마른 소 일곱 마리가 지나가는데 비쩍 마른 소가 살찐 소를 다 잡아먹었고, 이어 충실한 이삭 일곱이 나오고 이내 마른 이삭 일곱이 나오는데 앞에와 마찬가지 마른 이삭이 충실한 이삭을 다 잡아먹어 버리더라는 이야기지.

이를 요셉이 꿈의 내용을 맞히고 해몽을 해서 나이 서른에 죄인의 몸에서 일약 애굽의 총리로 발탁이 된다. 그리고 꿈의 해몽대로 7년 풍년 때 흥청망청 쓰지 않고 잘 갈무리를 해서 다음에 올 7년 흉년에 충실히 대비를 해서, 다른 나라에서는 양식이 없어 쩔쩔매는데 애굽의 백성들은 굶지 않게 된다. 그리고 주변의 여러 국가 및 민족들이 많은 돈을 주고 애굽에 와서 양식을 사 가지고 가게 된다.

이때 가나안에 살던 야곱과 그 자식들 즉 요셉을 제외한 야곱의 식솔들도 애굽에 와서 양식을 사 가게 되고 우여곡절 끝에 야곱의 식솔 즉 이스라엘 전 식구 일흔 명이 애굽의 고센땅에 머무르게 되어 400년 후인 출애굽 때는 장정만 60만에 이르는 민족을 이루게 된다.

즉 요셉이 애굽으로 팔려감으로 인해 하나님께서 아브라함에게 약속한 큰 민족을 이루게 되는 것이다.

그러면 최진웅!
아버지가 왜 기도에 요셉을 닮게 해 달라고 기도를 할까?

아버지가 성경에 나오는 요셉과 같은 위대한 사람이 되고 싶어서?

아니면 아버지도 한 민족을 구원하는 사람이 되려고? 되면 좋겠지만 세상엔 아버지보다 뛰어난 사람이 너무나 많다.

그도 아니면 큰 민족을 이루는 데 밑거름이 되려고? 그 정도로 아버진 희생정신이 충만하지 않다.

아버지가 바라는 것은 이것이다.

성경엔 7년이라고 나와 있지만, 아버진 그 7년이 10년이 될지 20년이 될지 모르지만, 준비할 수 있는 시간이 있을 때 준비하고 노력해서 다음의 10년 내지 20년을 보장받는 사람이 되게 해 달라고 기도한다. 더불어 잘 준비해서 내 주변에 있는 믿는 사람이든 믿지 않는 사람이든,

'아! 이런게 하나님을 믿는 크리스천의 힘이구나!', '아! 이게 하나님의 은혜구나!'를 알게 되고,

이를 아버지 회사의 직원들이 알게 되거나 주변의 사람들이 느끼게 된다면 이게 아버지가 할 수 있는 최고의 선교 방법이고 하나님께 영광을 돌리는 방법이 아닐까 하고….

아버진 진웅이도 준비할 수 있을 때 충실히 준비해서 고난의 시기 때 베풀 수 있는 사람이 되었으면 한다. 아니 반드시 그래야 한다.

그게 우리 크리스천에게 주어진 사명이다.

3월 9일이면 두 번째 휴가를 나오겠구나.

'며칠 있으면 얼굴을 보는데…' 하고 편지를 쓰지 말까 하다가 행여 네가 기다리려나 하는 마음에 편지를 썼다.

3월 9일 건강한 몸으로 보자.

2019년 3월 6일에

대구에서 아버지가

다섯 번째 편지

"든 자리는 몰라도 난 자리는 표가 난다."라고 하더니 네가 3일 밖에 안 있었는데 가고 나니 왠지 집이 좀 횅하고 텅 빈 것 같네.

아버지 마음이 이런데 네 엄마는 어떨까?

아침 밥을 먹는데 옆에 앉아서 네가 버스 타는 데는 오지 말라고 하더라며 서운해하던데….

네가 오고 며칠 안 돼서 네 큰누나도 집에 왔다고 해서 깜짝 놀랐다.

약학대학원 시험PEET 공부하라고 서울에 올려 보냈더니 도저히 성적을 올릴 자신이 없다면서 내려왔다고 한다.

예전 같으면 윽박을 질러서라도 다시 공부하라고 서울에 돌려 보냈겠지만 스물여덟 살이나 먹은 딸이라 이젠 꾸지람도 못하겠고, 설득을 하기에도 아버지의 언변으론 설득 가능성이 없을 것 같고, 또 아버지가 성질을 내면 온 집안만 시끄러워질 것 같아서 그냥 두고 보기로 했다.

최진웅!

공부든 뭐든 매사에 자신을 믿어야 한다.

그래야 자신감이 생긴다.

'적어도 내가 하는 일은 안 되는 게 없다.', '내가 하면 다 된다, 되게 되어 있다.' 라는 무한의 자신감이 있어야 어떠한 고난과 역경도 이겨 낼 수가 있다.

'나는 분명히 이 시기만 지나고 나면 이 처절한 시기만 지나고 나면 나는 영광의 면류관을 쓸 것이고 남들이 박수를 쳐 주는 삶을 살 것이다.' 하는 확신이 자신의 심중에 굳건하게 자리 잡고 있어야 한다.

그래서 성경 말씀에도 "믿음은 바라는 것들의 실상이요 보지 못하는 것들의 증거니"라고 했다. 자신을 믿어야 한다. 자기 스스로를 믿지 못하는 사람이 어찌 하나님을 믿을 수가 있으며, 다른 사람들을 믿을 수가 있으며, 또 더 나아가 다른 사람에게 믿음을 줄 수가 있을까?

그러니 나 스스로를 강하게 믿어야 한다.

그리고 최진웅!

어려움과 고난을 피하려고 하지 마라.

어려움과 고난은 피하려고 하면 할수록 더 따라 다닌다.

과감하게 맞짱을 떠야 한다. 그래서 어려움과 고난을 깨부숴 버려야 한다.

두 번 다시는 덤벼들지 못하게 박살을 내 놔야 한다.

한번 이기고 나면 그다음에 오는 어려움과 고난은 아무것도 아니게 느껴진다.

로마서 5장 3~4절에 보면 "우리가 환난 중에도 즐거워하나니 이는 환난은 인내를, 인내는 연단을, 연단은 소망을 이루는 줄 앎이로다"라고 했다.

성경 말씀대로 어려움과 고난 즉 환난은 종국에 우리에게 소망을 이루게 하게 하기 위해서 주는 연단임을 우리가 알게 되면 우리가 즐겁게 그 연단을 받아들이고 이겨 낼 수 있다는 거지.

최진웅!

이제 3월도 중순을 넘었다.

1월이 신년의 계획을 세우는 달이라면 2월은 그 계획을 점검하고 수정하는 달이 될 터이고, 이제 3월부터 10월까지는 그 계획을 실행에 옮기는 것이다.

그래야 추수의 시기인 11월 12월에 많이 거두어 들일 수가 있다.

모든 사람들이 계획은 쉬이 잡는다. 왜냐하면 계획을 잡는 데는 실행 즉 행위가 안들어 가거든.

계획을 아무리 잘 세운들 행동으로 이를 행하지 않으면 아무 소용이 없다.

성경 요한 계시록에 "나는 사람의 뜻과 마음을 살피는 자인줄 알지라 내가 너희 각 사람의 행위대로 갚아 주리라"라고 되어 있다.

계획의 거창함보다 각 사람의 행위 즉 실천력이 중요하다는 거야. 해서 그 사람의 행위 즉 실천하는 것을 보고 그가 하는만큼 되갚아 주시겠다는 거지.

실천이 없으면 계획과 꿈이 아무리 거창하더라도 아무것도 얻을 수 없다.

이것은 만고의 진리다.

아버진 오늘도 어떠한 어려움과 고난이 와도 최후의 영광을 위하여 웃으며, 오늘 하루의 계획을 충실히 행하며 한 걸음 한 걸음 나아가며, 매시 매분 매초를 소중히 생각하고 가슴속의 큰 꿈을 위하여 오늘도 최선을 다하고 있을 나의 아들 최진웅을 생각하며

아버지도 오늘 하루 최선을 다할 것을 다짐해 본다.

2019년 3월 14일에
대구에서 아버지가

여섯 번째 편지

꽃샘추위가 와서 조금 쌀쌀하기는 하다만 그래도 미세먼지가 없으니 하늘도 파란색으로 보이고 숨쉬기가 한결 쉬워진 것 같다.

아버진 내일부터 미세먼지의 본고장인 중국으로 출장을 간다. 그것도 상하이나 베이징이 아닌 내륙 깊숙한 청두成都 근처의 통런銅仁이라는 생소한 곳으로 간다.

3년 조금 넘게 중국어를 공부했다만 아직은 회화가 제대로 안되는데 일단 부딪히고 본다는 심정으로 가기로 했다.

요리조리 피하는 건 아버지 성격에 맞지도 않고, 또 매번 회사 직원들에게 당당하게 맞서라고 해 놓고 사장이란 사람은 이런저런 핑계를 대면서 회피를 한다면 말에 위신이 서지 않을 거잖아?

최진웅!
중국의 사자성어에 보면 "견인불발堅忍不拔"이라는 게 있다.

"어떠한 곤경이나 외압에도 굳게 참고 견디어 마음이 흔들리거나 빼앗기지 않는다."라는 뜻이다.

원문은 "고지입대사자古之立大事者 불유유초세지재不惟有超世之才 역필유견인불발지지亦必有堅忍不拔之志"인데, 번역하면 "옛날에 큰일을 이룬 사람들은 단지 시대를 뛰어 넘는 재주가 있었을 뿐만 아니라 반드시 어떠한 난관이 닥쳐와도 굳게 참아 마음이 뺏기지 않는 굳은 의지가 있었다."라는 뜻이다.

뛰어난 재주와 피나는 노력은 사람이 큰일을 해 나가는 데 있어서 꼭 있어야 할 두 가지 요소다.

그런데 사람이 타고난 재주와 능력은 저마다 다르고 일을 추진해 나가는 데 있어서 발휘하는 의욕과 의지 또한 저마다 다르다.

타고난 재주와 능력이 많은 사람은 힘을 적게 들이고도 큰일을 해내지만, 남보다 타고난 재주와 능력이 부족한 사람은 상대적으로 더 많은 노력을 해야 남을 따라잡을 수 있다.

그러나 타고난 것만 믿고 설치는 사람은 대개 경망스러워 일을 그르칠 염려가 많다.

따라서 타고난 재주와 능력은 다소 부족하지만, 남다른 군센 의지와 불타는 의욕을 가지고 인내하고 마음이 흔들리시 않으며 나아간다면 반드시 원하는 바, 꿈꾸는 바의 목표를 이룰 수 있다는 것이다.

페니실린을 발견하여 노벨상을 수상했던 플레밍에 대한 일화다.

그는 돈이 없어 그의 연구실은 열악하고 협소했다. 창문의 유리창은 깨져서 바람과 먼지가 시도 때도 없이 들어왔다. 그는 이 연구실에서 의약품을 개발하기 위해 곰팡이를 연구하고 있었다.

그러던 어느 날 그는 깨진 창문 사이로 날아온 곰팡이 포자를 현미경으로 관찰한 후 중요한 사실을 발견했다. 그 곰팡이에 페니실린의 원료가 숨어 있었던 것이다. 그는 그 곰팡이 균을 가지고 페니실린을 만들었다.

몇 년 후 플레밍의 친구가 그의 연구실을 방문하고는 깜짝 놀랐다.

"이런 형편없는 연구실에서 페니실린을 만들다니, 만약 좋은 환경이 주어졌다면 더 엄청난 발견들을 했을 텐데." 하며 그의 넉넉지 않은 연구 환경을 안타까워했다.

그러자 플레밍은 웃으며 이렇게 대답했다.

"이 열악한 연구실이 페니실린을 발견하게 해 주었다네. 깨어진 창문 틈으로 날아온 먼지가 바로 페니실린의 재료가 되었다네. 중요한 것은 연구 환경이 아니라 강한 의지라네."

그렇다. 조건이 중요한 게 아니고 하고자 하는 강한 의지가 중요한 것이다.

오죽하면 성경에서도 "구하라 그러면 너희에게 주실 것이요 찾으라 그러면 찾을 것이요 문을 두드리라 그러면 너희에게 열릴 것이니 구하는 이마다 얻을 것이요 찾는 이가 찾을 것이요 두드리는 이에게 열릴 것이니라"라고 되어 있다.

그러나 성경 말씀에는 '간절히'란 단어가 빠졌다.

아무나 구한다고 구해지고 찾는다고 찾아지며 두드린다고 열리는 게 아니다.

성경 말씀에도 앞의 말대로 '구하면 주고 찾으면 찾아지고 두드리면 열리리라'고 했지만 바로 그다음 구절에 "좁은 문으로 들어가라"라고 되어 있다.

이 말은 편안하고 넓은 문으로 가면 앞에서 약속한 "구하라 그러면 너희에게 주실 것이요 찾으라 그러면 찾을 것이요 문을 두드리라 그러면 너희에게 열릴 것이니"가 안 된다는 거지.

힘들고 어려운 길을 걸으면서도 굳세고도 강한 의지를 간절한 마음으로 추구하고 원해야 구해지고 찾아지고 열린다는 거야.

말 그대로 견인불발해야 원하고 추구하는 것을 얻을 수 있다는 거지.

최진웅!

아버지가 출장을 가면서 별의별 잔소리를 다 한다고 할지 모르겠지만 아버진 항상 네가 초심을 잃지 않고 초지일관初志一貫된 마음을 견지하기를 바라는 마음에서다.

다음 주 화요일 중국으로 출발하면 금요일 돌아오기에 편지를 쓸 시간도 없을 것이고….

항상 좌고우면左顧右眄하지 말고 목표를 향하여 나아가는 길만이 나의 갈 길이다 생각하고 최선을 다해 주기 바란다.

2019년 3월 18일에
대구에서 아버지가

일곱 번째 편지

중국에 가면 미세먼지가 심할 거라 생각하고 미세먼지 전용 마스크를 사 가지고 중국에 출장을 갔는데 오히려 중국에는 미세먼지가 없더라.

그래서 마스크 한 장도 안 쓰고 포장한 채 그대로 들고 왔다.

아버지가 이번에 간 중국은 귀주성과 운남성 사이에 있는 통런이란 데로, 묘족이 사는 곳이라고 했다. 생활 수준은 우리나라의 70년대 말 또는 80년대 초 정도로 보면 될 것 같았다.

상하이나 베이징에 비하면 너무나 차이가 나는 지역이었다.

3년간 배운 중국어 실력으론 아직 직접 부대끼기엔 부족함을 느끼고 앞으로 2~3년은 더 해야 능히 감당을 할 수 있겠구나를 통절히 느끼고 왔다.

최진웅!
열왕기하 5장에 보면 엘리사 선지자와 아람의 군대장관인 나아만의 이야기가 나온다.

내용을 요약하면,

이스라엘과 접경하여 있는 아람(이후 앗시리아 제국이 된다. 현재의 시리아다.)의 군대장관인 나아만이란 사람이 아람을 구원한 일이 있어서 아람 왕으로부터 상당한 신임을 받고 있었는데 문둥병자였던 모양이다.

그런데 그 나아만이란 군대장관 집에 이스라엘로부터 사로잡아 온 계집종이 있었는데 그 아이가 나아만 부인의 시종을 들고 있었다.

그 아이가 나아만의 부인에게 나아만이 사마리아에 있는 선지자에게 가면 그 선지자가 나아만의 문둥병을 고칠 수 있을 것이라고 한다.

이를 그 부인이 나아만에게 이야기하고 나아만이 아람 왕에게 이스라엘에 가면 문둥병을 고칠 수 있다 하니, 아람 왕이 이스라엘 왕에게 소개장을 써 주고 가서 고치고 오라고 하며 예물로 은 열 달란트와 금 6,000개, 의복 열 벌을 챙겨서 보낸다.

이에 서신을 받은 이스라엘 왕은 "내가 하나님도 아니고 어찌 문둥병을 고치느냐? 이것은 분명히 아람 왕이 우리 이스라엘에 시비를 걸기 위한 것이다." 하며 겉옷을 찢고 야단법석을 떤다.

이를 전해 들은 엘리사 선지자가 이스라엘 왕에게 "왕께서는 염려하지 말고 그를 내게로 보내시라."라고 하자 이스라엘 왕은 나아만을 엘리사 선지자에게 보낸다.

이윽고 나아만이 엘리사 선지자 집 문 앞에 이르자 엘리사가 시종을 보내어 "너는 요단강에 가서 몸을 일곱 번을 씻으라. 그러면 네 살이 깨끗해지리라."라고 전하고 만다.

나아만이 가만히 생각하니 이게 웃기잖아? '명색이 아람국의 군 대장관이 왔는데 일개 선지자가 문을 열고 나와서 정중히 인사를 하고 맞이해도 시원찮을 판에, 선지자란 자가 나오지도 않고 시종을 보내서 요단강에 몸을 일곱 번이나 씻으라고 해? 그것도 아람의 수도인 다메섹의 강보다 물도 맑지 않고 강물도 많지 않은 저 요단강에?' 화가 머리 끝까지 난 나아만이 돌아가려고 몸을 돌린다. 그러자 나아만의 종들이 나아와서 "내 아버지여. 선지자가 당신에게 큰일을 행하라고 하였으면 그렇게 안 했겠습니까? 그런데 씻어 깨끗하라고 하는데 어찌 그러십니까?" 하고 말린다. 그래서 나아만이 하나님의 사람의 말씀대로 요단강에 일곱 번을 몸을 잠그니 그 살이 여전하여 어린아이의 살 같아서 깨끗하게 되었더라는 게 내용이다.

최진웅!

아버지가 왜 느닷없이 성경 속의 한 이야기를 들어 이야기를 할까?

아버지는 이 성경 구절을 읽으면서 많은 것을 느꼈다.

첫째 '나는 살면서 나아만처럼 간절한 적이 얼마나 있었던가?'다.

성경에는 나아만이 불치병인 문둥병(문둥병은 현재도 한센병이라 해서 불치병에 가깝다.)을 낮게 하기 위해서 애쓴 다른 내용이 나와 있지 않지만 병을 치료하기 위해서 얼마나 많은 약과 처방을 써 봤을까? 아람국의 군대장관이었으니 권력이 없는 것도 아니고 돈이 없었던 것도 아니었을 테니 별의별 약과 처방을 다 써 봤을 것이며 무당이면 무당, 굿이 좋다면 굿도 했을 것이고.

할 수 있는 것은 다 해 봤을 거야. 그지?

그런데 포로로 잡혀 온 계집종, 그 하찮은 계집종이 한 말 한마디 믿고 나을 수 있다고 이스라엘로 간다. '에이 이번에도 뭐 별 거 없겠지?'가 아니고 나을 수 있다는 간절함을 가지고, 그것도 자기 왕에게 허락까지 받고 간다.

이것은 간절함이 확신이 되지 않으면 할 수 없는 행동이다.

두 번째 '나는 나아만처럼 자존심과 체면을 버릴 때 버릴 줄 알았나?'다.

앞에서도 이야기했지만 아람국은 나중에 성장해서 당대에 중동을 휩쓸었던 앗시리아 제국으로 성장한 나라이고, 바벨로니아에게 패망하기 전까진 중동의 최대 강자였던 나라다.

그 나라의 군대장관이고 또 왕의 절대적인 신임을 받았던 사람이면 자존심도 엄청 강했을 것이며 체면 또한 굉장히 중요시했을 것이다.

단지 문둥병이 걸려서 다소 신체적으로 위축이 되었을지 모르지만….

그러한 사람이 이스라엘의 선지자가 나와서 영접도 아니하고 시종을 보내서 깨끗하지도 않은 요단강(아버지도 요단강을 가 본 적은 없지만 실제 요단강은 강 폭도 좁고 우기가 아니면 수량도 많지 않고 물도 그다지 맑지 않다고 한다.)에 몸을 일곱 번이나 씻으라고 하니 얼마나 자존심과 체면이 상했겠어?

나아만의 시종이 말한 것처럼 선지자가 나와서 영접도 하고 또 나아만에게 "당신이 아람국의 군대장관이니까 이스라엘에다가 뉴욕에 있는 자유의 여신상과 같은 신상을 만들어 주면 병을 낫게 해 줄게." 이랬으면 나아만의 체면도 좀 살고 했을 텐데, 너무나 황당하게도 그냥 요단강에 가서 몸만 일곱 번 씻으라고 하니, 뭐 이런 게 있나 싶지 않았겠어?

아마 아버지 같았으면 당장 아람으로 돌아가서 군대를 몰고 와서 이스라엘을 박살을 내 버릴 거라고 방방 뛰었을거야.

그런데 나아만은 자존심과 체면 다 버리고 요단강에 가서 몸을 씻는다.

최진웅! 여기서 알겠지만 자존심과 자신감은 서로 다르다.

세 번째로 '나는 나아만처럼 충실한 시종(친구 또는 동료, 더하여 충고자)이 있느냐?'다.

성경에 보면 나아만이 몸을 돌이켜 분한 모양으로 떠나니 그 종들이 가로되 "내 아버지여 선지자가 당신을 명하여 당신에게 명하여 큰일을 행하라 하였더면 행치 아니하였으리이까 하물며 당신에게 이르기를 씻어 깨끗하게 하라 함이리이까 나아만이 이에 내려가서…" 이렇게 기록되어 있다. 분명히 종(한 사람)이 아니고 종들(여러 사람)이라고 기록되어 있다.

그러니까 이를 역으로 이야기하면 나아만이 평소에 종들을 아버지처럼 자상하게 보살폈다는 말이 된다. 그래서 그 종들 또한 그 주인이 낫기를 간절히 바라기에 믿고 따르자고 강하게 말할 수 있는 것이다.

그렇지 않고 평소에 억압하고 학대했다면 종들은 그저 주인이 하자는 대로 할 뿐이었을 것이고, 나아만은 평생 문둥병 환자로 살아야 했을 것이다.

그러니 옆의 사람들에게 항상 주의 깊게 배려하는 마음을 길러야 한다.

네 번째로는 '나는 나아만처럼 믿고 실천하기를 끝까지 하느냐?'다.

나아만이 종들의 말림으로 인하여 요단강에 몸을 씻는데 성경에 분명히 "일곱 번 몸을 잠그니 그 살이 여전하여 어린아이의 살 같아서 깨끗하게 되었더라"라고 되어 있다.

보통 사람 같으면 두세 번 담가 보다가 병이 낫지 않으면 '뭐 별효과 없네.' 하고 중도에 포기하고 그만둔다. 그리고 주변에 "나 할 만큼 했다."라고 정당화를 한다.

여섯번을 담그더라도 아마 문둥병은 낫지 않았을 거야. 아마 그러면 우리는 "거봐라. 내가 안 된다고 했잖아." 그러면서 거꾸로 성질을 내고 난리를 쳤을 거야.

그러나 나아만은 중도에 그만두지 않고 선지자의 말대로 즉 하나님의 말씀대로 일곱 번을 요단강에 들어가서 몸을 씻는다. 아무 불평 없이.

(성경에는 일곱 번이라는 숫자가 많이 나온다. 엘리야 선지자가 갈멜산에서 하나님께 기도하고 비를 요청할 때 기도하고 사환을 일곱 번 올려 보내니 건너편 바다에서 사람 손만 한 구름 조각이 보인다고 한다. 즉 성경에서 일곱이란 숫자는 완전하다는 의미로 쓰인다. 다 맡긴다. 또는 순종한다는 의미로 쓰이기도 한다.)

아니 중간에 불평을 하고 투덜거렸는지는 모르겠다. 그러나 여하튼 일곱 번 몸을 담근다.

그래서 결국은 완전히 깨끗함을 얻는다.

최진웅! 공부도 마찬가지다.

간절함이 있어야 하고 자존심과 체면을 버릴 땐 버릴 줄 알아야 한다.

그리고 확신을 가지고 끝까지 인내하면서 실천해야 한다. 더불어 옆에 충실하게 충고를 해 줄 사람이 있으면 더없이 좋은 것이고.

이번에 아버지 중국 출장 중에 읽은 책 속에 스타벅스의 하워드 슐츠 회장이 한 말이 어쩌면 네게 적합한 말일 것 같다.

"성공은 매일 조금씩 성취해 나가는 것이다. 결과를 당연시하지 않고 가치를 부여하는 것, 스스로를 믿는 것, 자신을 희생하는 것, 용기를 갖는 것, 거기에 성공이 있다."

성공은 한꺼번에 확 오는 것이 아니다. 조금씩 매일이 쌓이고 가치에 가치를 더하고 스스로를 믿으며 자신을 희생시키면서 끝없는 용기를 가지면 그 종래에는 성공이 다가오는 것이다.

나아만처럼 성공적인 삼수 생활로 우리 진웅이도 합격으로 완전체가 될 수 있도록 하자.

P.S. 아버지 이번 주말에는 일본으로 출장을 간다. 너한테 안 지려고 부지런히 돌아다닐 계획이다.

2019년 3월 25일에
대구에서 아버지가

여덟 번째 편지

☾

4월이다.

1년의 4분의 1을 보내고 절반을 향해 가는 2/4분기의 첫달에 시간이 맞춰져 있다.

시기적으로야 봄이니까 벚꽃도 피고 온갖 꽃이 흐드러지게 피는 때이니 좋기도 하겠지만 1년의 계획을 목표에 맞추어 사는 사람은 봄의 향취를 느낄 시간이 없는 것이 사실이다.

왜냐면 이 2/4분기가 가고 나면 1년의 절반이 가게 되고 그러면 남은 시간이 얼마 없으므로 초조함에 마음을 졸이게 되고 지난 시간에 충실하지 못했음에 후회를 할 수 있기에….

그러나 아무리 계획상 일정을 빡빡하게 가져 가더라도 가끔 한 번씩은 계절의 향취를 맡아 보는 시간도 가져 보고 기지개도 펴 보는 게 좀더 정서적이지 않나 생각도 해 본다.

사람이 너무 이성적이어서, 감성적으로 메말라 있어 인간적이지 못하다면 그건 로봇이나 사이보그가 아니겠어? 가끔은 창밖을 보고 계절의 아름다움을 느낄 줄 아는 아들이 되었으면 좋겠다.

최진웅!

아버진 요즈음 어떨 땐 네가 기숙 학원에 간 게 참 다행이다 싶을 때가 있다.

물론 네 삼수 생활과 네 성적 향상과 네가 원하는 학과의 진학이 최고의 목적이었지만….

만약 네가 대구에서 삼수 생활을 했으면 지금처럼 내가 네게 편지를 쓸 일도 없을 것이거니와 지금까지 내가 생각했던 것들 또 내가 네게 하고 싶었던 말들을 할 기회가 없었을 거 아니냐?

너도 알다시피 아버지 성격이 다혈질이다 보니 잘 참다가도 욱하면 아버지도 모르게 터지니까 대화를 하려고 하다가도 되지 않는 거지.

그러니까 특히 아버지와 성격이 비슷한 네 작은누나하고는 거의 천적에 가까울 수준이니 대화가 이루어지지가 않잖아.

그에 비하면 너와는 이렇게 편지로 아버지의 마음을 전할 수가 있으니 대화에 능숙하지 못한 아버지로서는 천만다행이라고 생각하지 않을 수가 없다.

최진웅!

중국 말에 "종과득과種瓜得瓜 종두득두種豆得豆"란 말이 있다.

"오이 심은 데 오이 나고 콩 심은 데 콩 난다."라는 말이다.

우리 속담에 "콩 심은 데 콩 나고 팥 심은 데 팥 난다."란 말과 같은 뜻으로, 쉽게 말하면 뿌린 대로 거둔다는 말이다.

세상의 모든 것이 그렇다.

내가 뿌린 만큼 얻을 수 있고 거둘 수 있는 것이다.

요즘은 유전 공학이 발달해서 오이 줄기에 수박을 열게 한다고 하더라만은 그래도 뿌린 대로 보답을 받는 것은 변하지 않는 진리일 것이다.

내가 공부를 잘하고 싶으면 남들보다 더 열심히 노력하고 철저히 공부를 해야 좋은 성적을 받을 수 있고, 내가 남들보다 더 잘 살고 싶으면 남들 잠잘 때 남들이 쉴 때 더 돈을 벌기 위해서 수고를 해야 할 것이다.

남들에게 대접을 받고 싶으면 내가 남들을 대접해야 되고, 남들에게 존경을 받고 싶으면 내가 먼저 상대방을 공경해야 나도 존중을 받을 수가 있다.

항상 내가 약간은 손해를 본다는 생각으로 살아야 슬기롭게 삶을 사는 거다.

너무 내 욕심만 부리면 그 사람은 사회의 부적응자가 되든지 왕따가 되기 십상이다.

공부도 마찬가지다.

한 번씩 시험을 치고 나면 죽어라 공부한 만큼 성적이 안 나올 때가 있다.

'왜 이렇지?' 싶기도 하고 '열심히 공부해 봐야 소용없네.'란 생각이 들 때도 많다.

그럴 땐 '내가 성급한 모양이다. 아직 내 노력이 부족한 모양이니까 좀 더 노력하고 차분해지자.'라고 생각하며 계속 나아가면 종래에는 성적이 오른다.

성급한 마음을 다스릴 줄 알아야 한다. 그리고 인내할 줄 알아야 한다.

성적이란 게 하루 아침에 쑥 올라가는 게 절대 아니다.

하루하루가 켜켜이 쌓이고 쌓여서 남들이 상상 못 하는 처절함과 철저함이 산을 이룰 때라야 원하는 성적이 나온다.

꼭 명심해야 한다. 세상에 공짜는 없다. 내가 한 만큼, 뿌린 만큼 거두는 법이다.

공부만큼 정직한 게 없다.

돈을 번다든가 사업을 한다든가는 권모술수를 쓰는 사람들이 더 잘할 수도 있고 또 많이 벌 수도 있다. 그러나 공부는 권모술수나 잔재주가 통하지 않는다,

더러는 IQ 핑계를 대기도 하는데, 한국 사람치고 지능 지수가 110을 넘지 않는 사람이 거의 없고, 또 140을 넘기는 사람도 거의 없다. 그러니까 지능 지수는 별 의미가 없다는 거다.

결국 공부는 본인의 노력 즉 뿌린 대로 얻어지는 것이다.

최진웅!
4월 11일에 나온다고 했지?

아마 아버진 일본에 출장을 가 있을 것 같은데….

아버지도 특별한 일이 없으면 4월 11일에 귀국을 할 거니까 그날 저녁에 보면 되겠다.

열심히 공부하고 항상 믿고 있는 아버지가 뒤에 있다는 거 잊지 말고.

그리고 항상 건강해야 한다.

건강 관리를 잘하는 것도 실력이야.

4월 11일에 보자.

2019년 4월 2일에

대구에서 아버지가

아홉 번째 편지

☾

한 달이 시작하니 금방 열흘이 지나가는 것 같다.

4월이다 하고 벚꽃이 피고 지니 벌써 내일이 10일이네.

진웅이는 기숙 학원에서 공부를 하느라 시간이 잘 안 갈지 모르겠으나 몇 달을 앞서 계획을 세우고 회사 전체를 지휘해 나가는 아버지로선 아침에 출근해서 각종 서류 결재하고 이메일 확인하고 구미 공장과 현풍에 있는 텍폴 공장까지 돌고 오면 하루가 어디로 가 버리고 없다.

요즈음은 중국어 공부한다는 핑계로 영화를 볼 시간도 별로 없네.

최진웅!

아버지 그저께 주일날 세 번째 10킬로미터 단축 마라톤을 완주했다. 올해는 왠지 자신이 없었는데 막상 옷을 입고 뛰니 완주는 하겠더구나. 기록은 작년의 58분 33초보다 훨씬 처진 1시간 9분대를 기록했지만(이젠 숨이 차서 처음부터 마지막 피날레까지 뛰지를 못하겠더라, '나이는 못 속이나 보다' 했다.)….

아버지 회사의 직원들도 작년엔 네 명이 뛰었는데 올해는 무려 열다섯 명이 참가를 했다. 그중에 여사원 몇 명은 어거지로 완주를 했다만 다들 참가했다는 것에 의미를 두고 참가 메달을 목에 걸고 전부 환한 웃음을 짓는 모습들이 참 보기에 좋았다.

처음엔 비가 온다기에 행여나 안전사고나 사원들의 건강에 무리가 생기지 않을까 싶어서 걱정도 좀 했다만 경기를 진행하는 데에는 무리가 없을 정도였고 도중에 비가 그쳐서 오히려 마라톤을 하는 데 도움이 되지 않았나 싶다.

비 그친 신천대로와 시내를 뛰는 모습이 왠지 보기에 괜찮을 것 같지 않아?

최진웅!

구약중 솔로몬이 적었다는 전도서의 마지막 장 앞의 11장 마지막 부분을 보면 "청년이여 네 어린 때를 즐거워하며 네 청년의 날을 마음에 기뻐하며 마음에 원하는 길과 네 눈이 보는 대로 좇아 행하라 그러나 하나님이 이 모든 일로 인하여 너를 심판하실 줄 알라"라는 구절이 있다.

그리고 그 앞의 10장을 보면 "무딘 철 연장 날을 갈지 아니하면 힘이 더 드느니라 오직 지혜는 성공하기에 유익하니라"라고 되어 있다.

아버지가 편지를 쓰면 매번 성경 구절을 예를 들거나 중국의 고사성어를 잘 인용하는데 그것은 그 내용 속에 지혜와 진리가 담겨 있기 때문이다.

아버지가 읽은 책 중에서 제일 많이 읽어 본 책을 고르라면 단연 성경이고, 아직도 옆에 두고 수시로 읽는 책도 성경 책이다.

읽을 때마다 새롭고 또 어떨 땐 위로가 되고 또 어떨 땐 동감이 되고 또 어떨 땐 생활에 적용까지 되니 세상에 이만한 책이 있을까 싶다.

나중에 진웅이가 삼수 생활을 성공리에 마치고 나면 반드시 성경 책을 한번 통독해 보도록 해라.

그래서 이해가 안 되면 세 번 정도만 통독을 해 봐라.

그러면 지금 아버지가 하는 말이 이해가 될거다.

앞의 성경 구절을 보면 지혜의 왕이었던 솔로몬도 무딘 연장 날을 갈지 아니하면 힘이 더 든다는 것을 말하며 지혜를 지식을 쌓기에 힘쓰면 성공하기에 유익하다고 하며, 청년의 날이 얼마나 기쁘며 소중한 시기인지를 가르쳐 주고 있다.

그러면서 마음이 원하는 것과 눈에 보이는 대로 행하라고 하는데 그다음 구절을 보면, 그러나 마음에 원하고 눈에 보이는 대로 행한 것에 따라서 하나님께서 심판을 할 것으로 알라고 하신다.

이것을 깊이 생각을 해 보면 이는 '네 마음이 원하는 대로 눈에 보이는 대로 네가 기뻐하는 대로 행하면 나 즉 하나님께서 심판한다.' 그러니까 가만두지 않겠다는 말이다.

그러니까 결국은 네 마음에 원하는 길과 네 눈에 보이는 대로 좇아 행하지 말고 하나님께서 원하는 길과 하나님께서 지시하고 명하는 대로 좇아 행해야 심판을 하지 않겠다는 뜻인 게지.

청년의 시기가 기뻐할 만하고 소중한 시기인 만큼 네 마음이 시키는 대로 네 눈에 보이는 대로 행하지 말고, 무딘 연장의 날을 가진 자가 되지 말고, 항상 갈고 닦아 예리한 날이 선 연장으로 살아갈 사람이 되도록 준비하라는 거야.

그러한 중요한 시기를 진웅이는 살아가고 있는 거야.

항상 준비되어 있는 사람. 어디에든지 쓰임받을 준비가 되어 있는 사람.

그런 사람이 되길 바라면서 하나님께서 청년의 시기를 허투루 보내지 말라고 경고하시는 거지.

최진웅!

어쩌면 젊은 나이의 청년들에겐 한창 즐겁고 새로움에 기뻐하고 청춘을 여유 만만하게 사는 것이 좋다고 생각될 수도 있을지도 모른다.

그러나 "젊어 1년은 늙어 10년"이란 말도 있지만 뭐든 다 시기와 때가 있는 법이다.

전도서 3장에 보면 "천하에 범사가 기한이 있고 모든 목적이 이룰 때가 있나니"라고 적혀 있다. 모든 게 기한과 때가 있다는 이야기다.

진웅인 지금은 목표한 전공을 선택하기 위해서 열심히 공부할 때이고 우선의 기한은 올해 말 수능까지며, 최종의 시기와 때는 진웅이가 세상 사람들에게 본을 보이며 그리스도의 향기를 만천하에 펼치며 살아갈 수 있을 때까지가 네 공부의 기한인 거다.

그러니 오늘도 내일도 하나님의 말씀대로 연장의 날을 예리하게 세우고 주어진 현재의 목표를 위해 눈에 보이는 대로 행하지 말고 다가올 하나님의 영광을 위하여 열심히 노력하는 청년이 되자. 최진웅. 파이팅!

2019년 4월 9일에
대구에서 아버지가

열 번째 편지

최진웅.

네가 메가로 돌아간 지 일주일이 지났구나.

그 일주일 동안 아버진 일본의 빅 바이어big buyer 두 팀을 응대하느라 잠시의 틈도 없었다.

캐논토키Canon Tokki라는 회사는 유기 발광 다이오드OLED 증착 장비를 만드는 회사인데 삼성전자의 휴대폰 갤럭시의 디스플레이display를 제조하는 삼성디스플레이에 증착 장비를 납품하는 회사이고, 그 토키라는 회사의 진공 챔버chamber는 우리 회사에서 제작해서 일본으로 보내거든.

이번엔 그 회사의 사장이 바뀌어서 인사 겸 우리 회사를 견학도 하고 또 삼성디스플레이에서 신규 투자 예정인 OLED TV 라인line에 들어가는 진공 챔버에 대해서도 협의를 하려고 방문을 했다.

공장 견학을 하고 상당히 만족스러워했고, 앞으로도 지속적인 협력 관계를 유지하도록 하자고 하면서 일본으로 돌아갔다.

한 회사는 아버지에게 진공 챔버의 제작 기술을 가르쳐 준 일본의 캐논아넬바Canon Anelva란 회사의 임원이 왔다 갔다. 어찌 보면 이 아넬바란 회사 덕분에 우리 회사가 이만큼 성장했는지 모른다. 그래서 아버진 항상 이 아넬바란 회사에 대해서는 감사한 마음을 가지고 있다.

양사가 다 같은 캐논 그룹의 회산데 처음엔 다 각각 다른 소속이었는데 캐논에서 아넬바는 2005년, 토키는 2007년에 사들인 회사다.

아버지가 아넬바와 인연을 맺은 게 2003년이었고 아넬바에 진공 챔버를 하겠다고 연수를 받으러 간 게 2005년이었으니까 아버지가 연수받던 해에 아넬바는 캐논에 인수가 된 거지.

그 후 2년 뒤에 토키가 캐논에 인수되고 그러다 보니 자연스레 아버지 회사와 토키도 연결이 된 거고. 그러니 항상 모든 관계는 잘해 두어야 한다. 언제 어디서 다시 만나게 될지 모르니까?

최진웅!

사자성어에 "사필귀정事必歸正"이란 말이 있다.

우리 말로 번역하면 "모든 일은 반드시 바른 곳으로(바르게) 돌아간다."라는 뜻이다

맞다.

세상의 모든 일은 반드시 바른 곳으로 돌아간다.

편법을 쓰거나 잔꾀를 부리면 우선은 빨리 가거나 나아지는 것

같지만 시간이 흘러서 나중에 결과를 보면 그 편법이나 잔꾀는 드러나게 되어 있다.

아버지도 회사에서 제일 싫어하는 게 편법이나 잔꾀를 부리는 것이다.

그래서 아버진 회사에 큼지막하게 플래카드를 만들어 "나는 기본을 중시한다.", "나는 원칙을 준수한다.", "나는 최고를 추구한다.", "나는 신뢰를 구축한다.", "나는 가치를 창출한다."라고 붙여 놨다. 아버지 생각에 우선 눈감고 아웅 식으로 가면 우선은 위기를 모면할지 모른다.

그러나 그게 한두 번이 되고 나중에 습관화가 되면 매사가 잔꾀나 부리고 편법을 사용해 우선 당장 처한 위기만 모면하려고 하게 된다. 그러면 좋은 제품이 생산이 될 수가 없고 좋은 품질이 아닌 편법이 가득한 제품만을 만들게 된다.

그러면 그런 제품을 받은 고객이 그 회사를 신뢰할 수 있을까?

백번 양보해서 한 번 정도는 '실수였나 보다.' 하고 넘어갈 수도 있겠지. 그러나 두 번은 통하지 않는다. 그러므로 모든 건 뿌린 대로 거두게 되는 법이다.

공부도 마찬가지다.

꾸준히 남들이 보기에 무식하다 싶을 정도로 매달리고 자기 자신을 공부 속에 밀어 넣기 위해서 처절할 정도로 애를 쓰는 모습이 보여야 성적이란 놈이 조금 나아진다.

그렇지 않고 남들 하는 만큼만 하면 절대 향상되지 않는다.

왜? 남들도 그 정도는 공부하거든.

남들만큼 해 놓고 남들보다 낫기를 바라면 그게 도둑놈 심보지. 안 그래?

"사필귀정", "모든 일은 반드시 바른 곳으로 돌아간다."라는 말대로 오늘도 최선을 다할 하나뿐인 내 아들을 생각하면서 아버지도 한 주일 열심히 일해 보려고 한다.

최진웅.

따뜻한 봄날이라고 춘곤증에 놀아나지 말고 이럴 때일수록 정신 바짝 차려서 목표를 향해 달려가는 폭주 기관차처럼 힘차게 달려가는 아름다운 청년이 되자.

4, 5, 6, 7, 8, 9월, 이 6개월이 최진웅 앞길의 향방을 가늠하는 지렛대가 될 수 있다는 사실을 가슴속 깊이 새기고 1분 1초라도 허투루 쓰지 않는 청춘이 되자.

자! 힘내고! 아자 아자!

2019년 4월 22일에

대구에서 아버지가

열한 번째 편지

최진웅!

4월이 시작되고 네가 다녀가고 하더니 어느덧 말일이다.

"세월歲月은 유수流水와 같다."라더니 참으로 틀린 게 하나도 없구나 싶은 마음이다.

4월 24일에 경기도 기흥에 출장을 갈 일이 있어서 네가 있는 서초 메가스터디에 갔다가 네 담임 선생이 면회는 안 된다고 해서 네 얼굴도 못보고 그냥 돌아왔다.

학원 룰rule이 그렇다고 하는데 널 보겠다고 억지를 부릴 수도 없고 대신 네 담임께 "잘 부탁드린다."라고만 하고 돌아왔는데 조금 섭섭하긴 하데.

최진웅!

네 작은누나 재수때 네 누나에게도 아버지가 네 나이 때 공부와 진로와 관련해 고민을 한 이야기를 했었는데 네게도 할까 한다.

너는 아버지가 공고를 졸업하고 어찌어찌 대입 고사를 잘 쳐서 한양대에 들어간 줄 알고 있지? 하지만 아버지가 한양대 공대에 들어가는 데까진 엄청난 시련과 험난한 과정이 있었다.

아버지 땐 박정희 대통령이 공고나 상고 같은 실업계를 우선시하고 장려를 했기에 특히 공고에 가면 등록금을 내지 않고 학교에 다닐 수가 있었다.

그래서 아버지도 네 큰아버지나 큰엄마께 등록금의 부담이라도 적게 드리고, 또 빨리 독립을 해야 네 큰아버지 큰엄마께서도 네 사촌들에게 전력을 다할 수 있을 게 아니야?

그래서 공고에 진학을 했지. 근데 고2가 되니 대학에 가고 싶은 거야. 그래서 대학을 갈 방법이 없나 해서 알아보니 공고생 및 상고생에게만 문을 열어 놓은 특별 전형이라는 게 있더라고. 단 전공은 고등학교 때 선택한 전공, 즉 기계공학밖에 안 된다는 게 흠이었고.

기능사 자격증이 있어야 되고, 과(일종의 이과, 문과와 같은) 석차가 20퍼센트 안에 들어야 추천을 받을 수 있다는 게 조건이었지만 그게 어디야 대학을 갈 수 있다는데.

그래서 혼자서 열심히 인문 과목 공부를 했지.

네 큰엄마께는 책 산다고 돈 달라고 해서 헌책 사고 남은 돈으로 부산 서면에 있는 부산학원, 서면학원에서 수학 그리고 물리 화학 생물 지학 등의 강의를 한 시간당 4,500원을 주고 들었다(영어는 일

찌감치 포기했다, 도저히 따라잡을 수가 없어서).

그렇게 공부를 했지만 공고 졸업 후에 취업을 할 거라고 생각하실 네 큰아버지 큰엄마께 대학을 가겠다는 말씀을 드릴 수가 없더구나.

그래도 공부는 했다.

그런데 문제가 생긴 거야.

자격증도 2학년 때 땄고 인문 과목 공부도 나름 열심히 해서 준비는 다 되었는데, 대학을 가겠다고 실습 시간에 인문 과목 공부를 했더니 그걸 담임이 고깝게 본 건지 실습 점수를 엉망으로 준 거야. 공고에서는 실습 점수가 전체 성적의 3분의 1 정도 되는데 그게 엉망이니 과 석차가 20퍼센트 안에 들지를 않는 거야. 담임 선생님께 사정을 해도 들어 주질 않더구나.

아버지 때는 학생부 전형 같은 건 없었고, 예비고사를 친 후에 그 성적으로 해당 수준의 대학을 선정하고, 각 대학에서 출제하는 본고사를 쳐서 대학을 가는 제도였는데, 아버지의 예비고사 점수가 비록 공고지만 전교에서 두 번째로 높았다.

특별 전형 대상이면 예비고사 성적으로 전형을 해서 정규 대학(4년제)에 가는데…. 아버진 결국 과 석차가 나빠서 특별 전형을 못 받게 된 거지.

그제사 너희 큰엄마께 그간 이래저래 공부를 했는데 과 석차가 그래서 못 가게 됐다고 했더니, 그 다음날 너희 큰엄마 광호 형 업고 강민이 형 걸려서 아버지 학교에 와 교감과 아버지 담임 선생께

울면서 사정을 하셨다고 하시더구나. 결국 안 된다는 말만 들었다 하시더라만….

그리고 너희 큰엄마께서 "진작에 대학가고 싶었으면 말을 하지." 하시면서 "어떻게든 방법을 알아봐라. 하고 싶으면 시켜 줄게." 하시더구나.

그래서 특별 전형은 포기했고 본고사를 치러니 영어 수학이 도저히 자신이 없고. 특히 영어는 중학교 졸업 후 수업다운 수업은 한 번도 못 받아 본 처지라 도무지 자신이 없더구나.

방법이 찾을 수가 없어서 학교 수학 선생이셨던 김진호 선생님께 상담을 신청했다.

아버지가 수학을 집에서 풀다가 잘 모르면 찾아뵙고 질문을 하고 했던 선생님이셨지.

솔직히 털어났지. 대학은 가고 싶은데 본고사 시험을 치르러니 자신은 없고 또 되지도 않을 것 같고, 어떡해야 좋을지 모르겠다고. 또 집에다 재수를 시켜 달라고 할 염치도 없고 그럴 처지도 못 된다고.

그 선생님 아버지 얘길 다 들으시고 난 후에 "익히 네 형수님께서 학교에 다녀가시어 네 얘기는 다 알고 있었다."라고 하시면서 "네 말대로 넌 지금 본 고사를 치면 백발백중 떨어진다. 인문계 학생들 아무리 농땡이를 쳐도 3년을 듣고 배운 게 있는데 못 따라간다. 그러나 네가 대학을 가려면 방법이 없는 건 아니다. 네 말대로 재수도 한 방법이고. 네 스스로 집안 사정 때문에 재수가 안 된다고 하니 그러면 이렇게 하자. 재수도 하지 않고 4년제 대학을 가는 방법으로 하자." 하셨다. 그러시면서 가르쳐 주신 그 방법이 무엇이냐 하면 "일단 2년제인 전문 대학에 가라. 그리고 오로지 편입한다는 생각만 하고 시험 과목인 영어 수학에 전력을 다해라. 그리고 편입학 조건인 기사 자격증은 2학년 초에 따라. 너는 공고에서 그런 조건을 가지고 공부를 해 봤기 때문에 가능할 것이다. 그리고 부정적인 생각 하지 말고 된다는 가능성만 믿고 해라. 그러면 반드시 될 거다. 난 공고에서 네가 하는 걸 봤기에 된다고 확신한다."라는 것이었다. 그렇게 말씀해 주시며 자신감을 불어넣어 주신 것이다.

그래서 아버지는 김진호 선생님 말씀대로 부산공전에 진학했고 진학 시부터 오로지 편입에만 목줄을 맸다. 자다가도 벌떡 일어나 수학을 풀었고 『완전정복』이라는 중학교 2학년 영어 참고서부터 『성문종합영어』와 토플에 이르기까지 영어 공부는 다시 했다.

밥 먹을 때도 편입만 생각했고 화장실에 가도 편입만 생각했다. '2년 동안 난 편입만 위해 산다'고 다짐하고 또 다짐했다.

회의懷疑가 생기고 힘들 때는 수학 선생님께서 말씀해 주셨던 "부정적인 생각 하지 말고 된다는 가능성만 믿고 해라. 그러면 반드시 될 거다."라는 그 말만 꼭꼭 씹었다.

그때 너희 큰엄마가 늘 "저 카다가 아 하나 잡겠다." 하고 다니셨다.

그렇게 2년을 공부하고 나서 전문대를 졸업할 때는 아버지 손에 한양대 공대 기계공학과 편입학 합격 통지서가 쥐어져 있었다.

그때 편입 시험 치러 몇 명이 왔느냐?

각 전공과별로 몇 명씩 해서 전체 100여 명을 뽑는데 수천 명이 시험을 쳤다. 정규 4년제 대학을 다니다 편입시험을 치른 친구들도 다 떨어지는데, 아버지는 공고를 졸업하고 영어를 중학교 2학년 영어부터 다시 했고, 수학도 미적분이 뭔지도 모르고 로그가 뭔지도 모르던 아버지가 몇십 대 1이 넘는 경쟁을 뚫고 되더라고.

오로지 믿은 건 수학 선생님의 그 한마디 "부정적인 생각 하지 말고 된다는 가능성만 믿고 해라. 그러면 반드시 될 거다. 난 공고에서 네가 하는 걸 봤기에 된다고 확신한다." 그 한 말씀뿐이었다.

지금은 한양대 공대가 포스텍이나 연·고대에 밀릴지는 모르지만, 아버지 다닐 때만 해도 포스텍은 없었고 연·고대 공대는 한양대 공대보다 한 수 아래였다.

그러니까 공대는 서울대 다음이 한양대였던 셈이지(참고로 국립인 서울대는 편입이 없었다).

발표 보고 공고에 찾아가서 수학 선생님께 한양대 편입 시험에 합격했다고 말씀드리고 펑펑 울었다.

그랬더니 그 선생님께서 "넌 될 줄 알았다. 2년이 언제 가나 그것만 세고 있었을 뿐이다."라고 하시면서 아버지 어깨를 토닥여 주셨다.

그걸로 다 해결했다. 그동안의 고통도 설움도, 공고 때 담임 선생에 대한 원망도 뭐도 다.

그래서 너희 큰엄마가 아버지를 친동생처럼 생각하고 아끼고 좋아하신다.

왜냐? 독하게 마음먹으면 악착같이 하거든. 그리고 기어이 해내거든.

악착같아야 한다.

그리고 매달리고 또 매달려야 한다.

목표를 내가 쥐고 흔드는 게 아니고 목표가 나를 쥐고 흔들게 해야 한다.

공부하는 데 내 자존심 세우면 공부를 못 한다.

내가 하면 못 할 게 없다는 자신감은 있어야 하지만 '나는 이런 스타일로 공부를 해야 잘되는데' 이런 고집은 세울 필요가 없다.

오로지 내 목표 그것만 생각하면 오는 잠도 저절로 없어지고 책이 저절로 쥐여 있을 정도가 되야 이룰 수 있는 것이다.

공부에는 반드시 은근과 끈기가 있어야 한다.

그리고 집중, 즉 몰입을 얼마만큼 하느냐가 관건이다.

다시 한번 이야기하지만 진웅아, 네가 공부를 끌고 가려 하지 마라.

공부가 널 끌고 가게 만들어라.

네 몸을 공부에 집어넣어라.

그것만이 성공하는 길이다.

그리고 절대 부정적인 생각은 하지도 말고 말도 꺼내지 마라.

또 믿고 해라. 넌 반드시 된다.

너 자신에게 확신을 줘라.

그게 무엇보다 필요하다.

2019년 4월 30일에

대구에서 아버지가

열두 번째 편지

최진웅!

4월이 끝나고 '계절의 여왕'이라는 5월이 시작되었구나.

신년의 시작이 엊그제 같더니 벌써 1년의 3분의 1을 보내고 절반을 눈앞에 두고 있으니….

시간은 결코 사람을 기다려 주지 않는다고 하더니 그 말이 틀림이 없는 모양이다.

이 5월이 지나고 6월이 오면 더위가 찾아올 테고 그 더위가 기승을 부리다 지칠 때쯤이면 선선한 바람이 불고 가을이 찾아오겠지. 그러나 봄과 여름을 어떻게 보냈느냐에 따라 추수할 곡식이 많고 적음은 결정이 된다. 더위를 더위로 인정하지 않고 나를 담금질하는 계기로 삼아 인내에 은근과 끈기로 이겨 낸 사람은 알곡을 거두어들여 따뜻하고 포근한 겨울을 맞이하겠지만, 한낮의 더위를 견디지 못하고 시간을 흐지부지 쓴 사람은 한탄과 함께 씁쓸함을 가슴에 안고 좌절과 실망의 멍에를 지고 춥고 긴 겨울을 맞이하게 될 것이다.

오늘도 열정에 열정을 더하고 있을 내 아들 최진웅을 생각하며
몇 자 적는다.

최진웅!

사자성어에 중석몰촉中石沒鏃이란 말이 있다.

중국 한나라 시대 장군인 이광에 얽힌 이야기다.

이광이란 장군은 활쏘기가 뛰어난 장군이고 평소 그의 성품이
과묵하고 청렴했으며, 자신이 공을 세워서 포상을 받으면 그것을
부하들과 함께 나눠 가져 많은 사람으로부터 신임을 얻었다고 한
다. 여러 차례 흉노족을 물리쳐 흉노는 그를 '비장군飛將軍'이라고
했다고 한다. 동에 번쩍 서에 번쩍 한다고 해서 '날아다니는 장군'
이라는 뜻이다.

그런 이광이 하루는 부하들과 사냥을 나갔다. 산속을 지나고 있
는데 바로 앞 수풀 속에 호랑이 한 마리가 금방이라도 달려들 듯
몸을 웅크리고 있었다. 깜짝 놀란 이광이 황급하게 호랑이에게 활
을 쏘았다. 화살을 맞은 호랑이는 치명상을 입었는지 그 자리에서
꼼작도 하지 않고 있었다.

이광은 부하들과 함께 호랑이 쪽으로 다가갔다. 그런데 이게 웬
일인가? 호랑이라고 생각한 그 물체는 호랑이가 아니고 커다란 바
위였다. 이광이 쏜 화살은 그 바위에 깊이 박혀 있었다.

"화살이 바위에 박히다니…"

신기하게 생각한 이광은 다시 바위를 향해 화살을 쏘아 봤다. 그러나 여러 차례 시도해 봤지만 번번이 바위를 뚫지 못하고 튕겨 나갔다.

그러면 처음 쏜 화살은 어째서 바위를 뚫고 들어갈 수 있었을까?

그때는 화살을 조금이라도 늦게 쏘거나 화상이 빗나간다면 호랑이의 공격을 받을 수 있는 상황이었다. 그래서 이광은 고도의 집중력으로 활시위를 당겼을 것이다.

이 이야기는 정신을 집중해서 전력을 다하면 불가능한 일마저도 해낼 수 있다는 것을 가르쳐 준다.

집중과 몰입, 이게 중요하다.

주위가 산만하면 일도 안되고 공부도 안된다.

집중과 몰입을 하기 위해서는 주변이 깨끗하고 단정해야 된다.

그래야 집중이 되고 몰입을 할 수 있다.

책만 펴고 공부하는 시늉만 하는 것은 의미가 없다.

나와 책이 혼연일체渾然一體가 되는 느낌이랄까? 그런 기분?

책 이외에는 아무것도 보이지 않고 들리지도 않는 무아지경의 상태!

그래야 몰입했다고 볼 수 있다.

오늘도 내일도 집중하고 몰입할 최진웅을 생각하며.

2019년 5월 6일에

대구에서 아버지가

열세 번째 편지

☾

최진웅!

5월 초에 30도를 왔다갔다 하여 여름 옷을 입어야 하나 싶더니 잠시 주춤하여 24~25도 선에서 횡행을 하길래 다시 그냥 그대로 입자고 버텼는데, 다시 30도를 넘나드니 갈피를 잡기가 어렵다.

꼴에 장미의 계절이고 계절의 여왕이라고 티를 내나?

날씨가 변덕을 부리니 사람도 더불어 변덕을 부리게 된다.

그래도 밖에 나가면 덥지는 않으니 견딜 만하고 괜찮은 것 같기도 하다.

17일 날 다시 휴가를 나온다며?

다들 기숙 학원에서 나간다면 혼자 남아 있는냐고 큰 성적 향상이 안 된다. 오히려 집에 오고 싶은 마음에 더 싱숭생숭해지고 혼란스러워질 수도 있으니 집에 왔다 가라.

뭐를 하든지 멘탈mental이 중요한데 그 중심이 공부에만 집중한다는 마음가짐에 변화가 없다면 한 며칠 정도의 휴식은 오히려 학업에 도움이 될 수도 있다.

책만 쥐고 있다고 공부가 다 잘되는 것은 아니거든.

최진웅!

우리 집에 크리스트교(기독교)가 어떻게 전해졌는지 모르지?

아버지도 처음엔 네 할머니가 시집 올 때 신앙을 가지고 온 줄 알았는데 그게 아니더구나.

네 작은고모께 들은 이야기다만 처음엔 우리 집도 시골의 여느 집과 마찬가지로 토템과 잡신을 믿는 평범한 일반적인 농가였다고 한다.

그런데 네 할아버지 연세가 마흔이 조금 넘으신 때에 정신 착란증과 비슷한 병에 걸리셔서, 무당을 데려다가 굿도 해 보고 점도 쳐 보고 또 유명한 산에 가서 산신에게 빌어도 보고 별의별 방법과 수단을 다 써도 나아지지를 않더란다. 그러던 중에 누군가가 교회에 가면 나을 수가 있다고 해 교회를 가려고 했는데, 정신 착란증같은 병이 있으시니 네 할아버지가 고분고분히 교회엘 가시려고 하겠어?

네 할머니가 동아줄을 한쪽은 허리에 매고 다른 한쪽은 네 할아버지 허리에 매고 그렇게 억지로 끌다시피 해서 매주 교회를 억지로 데리고 다니셨다고 한다.

그렇게 한 3개월 다니니 별의별 짓을 다해도 안 나아지던 병이 호전이 되더란다.

그리고 1년 정도 다니고 나니 병이 깨끗이 낫더란다.

그렇게 해서 네 할아버지 병이 낫고 난 뒤 네 할아버지 할머니께서는 독실한 크리스천이 되셨는데, 문제는 네 증조할아버지께서 네 할아버지가 아프실 때는 교회에 다니는 걸 나무라시지 않다가, 네 할아버지 병이 나으시고 난 뒤에는 교회 다니는 걸 그렇게 핍박을 하시더란다.

교회에 다닌다고 네 할아버지 할머니를 지게 작대기로 두들겨 패시기까지 했다고 하니 어느 정도였는지 상상이 가지?

그래도 네 할아버지와 할머니는 신앙의 힘을 체험하신 분이라, 네 할아버진 산에 나무하러 간다고 하고, 네 할머니는 나물 캐러 간다고 해서 중간에 산에서 만나 교회에서 예배 보고, 할아버지는 나무 한 짐 해서 집에 오시고 할머니는 나물 한 보따리 뜯어서 집에 오시고 그런 식으로 신앙을 지키셨다고 한다.

그러니 알고 보면 네 할아버지를 하나님께서 선택하시어 시련을 주시고, 그걸 기회로 네 할머니께 선택할 지혜와 용기를 주시어서 우리 집안을 크리스천 집안이 되도록 인도하신 거지.

그리고 우리 집이 아버지가 컸던 양원리라는 동네의 첫 크리스천 집이었다.

아버지도 클 때는 친구들과 동네 애들에게 "예수쟁이"라고 놀림을 참 많이 받았다.

그땐 억울하기도 했고 분하기도 했지만 그래도 어떨 땐 교회에 가면 선택을 받은 것 같아서 좀 으쓱해하기도 하고 그랬다.

어쨌건 최진웅. 우리는 크리스천(기독교인)임을 자랑스럽게 여겨야 한다.

특히 그중에서도 개신교 신자—기독교를 크게 구분하면 로마 카톨릭과 그리스 및 러시아의 정교 그리고 프로테스탄트(개신교) 이렇게 세 부류로 나눌 수 있다, 각 종교별로 형식이나 교리의 차이는 있지만 예수 크리스트를 믿는 건 같으니까 셋 다 크리스트교라 할 수 있다—임을.

믿지 않는 사람들이 보면 기독교인들이 기도하면서 "우리 같은 죄인을…"이라고 하고, 찬송가에도 "나 같은 죄인 살리신" 이러니 상당히 소극적이고 수동적이며 피동적인 것처럼 보이지만 성경을 읽고 내용을 알고 보면 상당히 적극적이고 능동적이며 주동적으로 일을 해 나가라고 적혀 있는 것을 많이 볼 수 있다.

창세기 1장 28절을 보면 "하나님이 그들에게 복을 주시며 그들에게 이르시되 생육하고 번성하여 땅에 충만하라, 땅을 정복하라, 바다의 고기와 공중의 새와 땅에 움직이는 모든 생물을 다스리라 하시니라"라고 되어 있다. 하나님께서 천지를 창조하시고 맨 마지막에 사람을 만들고 나신 후에 우리 사람들에게 "번성하고 정복하여 모든 생명체를 다스리라"라는 엄청난 축복을 주신 게지. 이러니 얼마나 적극적이고 주동적이어야 되겠어?

소극적이고 피동적이면 번성하겠으며 정복하고 다스리겠어?

창세기 1장부터 하나님께선 강하게 축복하며 요구하신다.

그리고 창세기 12장을 보면 믿음의 조상이라는 아브라함에게 하나님께선 "너의 본토 친척 아비 집을 떠나 내가 네게 지시하는 땅으로 가라 내가 너로 큰 민족을 이루고 네게 복을 주어 네 이름을 창대케 하리니 너는 복의 근원이 될지라"라고 되어 있다.

이는 하나님께서 지금의 편안한 데에 안주하지 말고 새로운 땅으로 가서 운명을 개척해 나가라는 명령이다. 그러면 내가 네게 복을 주어 큰 민족을 이루게 하고 네 이름을 창대케 해 주며 더불어 복의 근원이 되게 해 주겠다는 것이다.

그리고 창세기 13장엔 "여호와께서 아브라함에게 너는 눈을 들어 너 있는 곳에서 동서남북을 바라보라 보이는 땅을 내가 너와 네 자손에게 주리니 영원히 이르리라 내가 네 자손으로 땅의 티끌 같게 하리니 사람이 땅의 티끌을 능히 셀 수 있을진대 네 자손도 세리라 너는 일어나 그 땅을 종과 횡으로 행하여 보라 내가 그것을 네게 주리라" 하셨다.

이걸 풀이하면 '네가 지금 있는 곳에서 동서남북을 봐라. 네 눈에 보이는 것은 전부 너와 네 자손에게 줄 것이고 또 일어나서 그 땅을 종과 횡으로 가 봐라. 가서 네가 밟은 그 땅들은 내가 네게 다 주마.'라고 하는 약속이다.

이 얼마나 엄청난 이야기이며 약속이야? 이 얼마나 적극적이고 능동적이기를 요구하는 말씀이야?

내가 보고 밟는 땅은 다 내게 주겠다는데.

그걸 안 가?

이게 하나님께서 우리 크리스천에게 주는 축복이고 메시지다.

네가 가슴 쫙펴고 적극적으로 행하면 내가 그걸 다 들어줄 것이다, 그런 말씀인 게지.

그러니 우리가 크리스천임이 얼마나 큰 축복이며 자랑이 아니겠어?

최진웅!

하나님께서는 우리에게 행동하기를 요구하신다.

현실에 안주하고 편안함에 젖어서 정주하는 것보다 쉼이 없이 새로운 것을 찾고 깨달아 가기를 원하신다. 그래서 하나님께서는 아브라함에게 본토 친척 아비 집을 떠날 것을 요구하셨고 또 눈을 들어 동서남북을 보라고 지시하신 것이다. 게다 더하여 종과 횡으로 가 봐라, 하고 지시하는 것이다. 안주하지 말고 꿈과 이상을 가지고 살피며 노력하고 직접 행동하고 움직이라는 명령인 것이야. 그래야 우리에게 주시겠다는 거지.

반대로 생각하면 그렇게 하지 않으면 안 주신다는 것이다.

그러니 우리는 오늘도 행동하고 실천하는 사람으로 살아야 한다.

꿈과 희망을 안고 영광을 위하여 앞으로 나아가야 한다.

알겠지? 최진웅!

2019년 5월 14일에
대구에서 아버지가

열네 번째 편지

최진웅!

네가 메가의 기숙 학원으로 돌아가니 바로 5월 말이구나.

이젠 서서히 여름에 적응하기를 주저하지 말아야 할 것 같다.

6월이 오면 농부들은 최고로 바쁠 시기인데 우리 진웅이도 평가원의 6월 모의고사를 앞에 두고 긴장의 끈을 바짝 조여야 할 때인 것 같다.

시험은 시험이니만큼 잘 치뤄야 하겠지만 평가 시험이니 이번 시험으로 1월부터 공부해 온 것 중 현재 내게 부족한 게 무엇인지, 무엇을 보완하면 되는지를 알아내는 게 더 중요하리라 본다.

그래서 11월에 있을 최종 목표 수능을 잘 치를 수 있는 최선의 방법을 찾아내는 게 모의고사의 목적이 되어야 할 것이다.

최진웅!

'디딤돌'이라는 것과 '걸림돌'이라는 것이 있다.

디딤돌이라는 것은 옛날 시골집이나 한옥 집을 가 보면 대체로 구조가 대청마루가 있고 그 좌우로 안방과 작은방이 있는 형태였다. 좀 잘사는 집은 또 별도로 손님들이 묵거나 동네 사람들과 이야기를 나누기 위해서 사랑채라고 두기도 했다.

그러한 집의 대청마루(옛날 집들은 대체로 대청마루가 높게 되어 있었는데 그 이유는 뱀이나 도마뱀 등과 같은 파충류 그리고 쥐와 같은 설치류 등이 방에 못들어 오게 하기 위해서가 아니었겠나? 하고 생각한다.)를 올라가기 쉽게 하기 위해서 네모난 반듯한 돌을 깎아서 마루 앞에 두었는데 그걸 디딤돌이라고 한다.

그러니까 사람이 올라가기 쉽게 해 주는 받침돌 같은 것인데 그게 디디고 높은 곳으로 올라가는 데 도움이 되는 돌이라 디딤돌이라고 한다.

그리고 걸림돌이란 길을 걸어가는 데 툭 튀어나온 돌이 있어서 사람의 발이 걸려 넘어지게 되는데, 이때 툭 튀어나온 돌을 걸림돌이라 한다.

즉 사람이 가고자 하는 길에 장애물이 되거나 걸리적거리게 되면 그건 걸림돌이 되는 것이다.

자 그럼 생각을 해 보자.

지금 진웅이에게 가장 필요한 건 수능에서 최고의 성적을 받아 원하는 대학에 원하는 전공을 찾아 진학을 하는 것이다.

그런데 그에 도움이 되는 디딤돌은 무엇이며 방해가 되는 걸림돌은 무엇일까?

디딤돌은 더욱더 반질반질하게 해서 디디기 쉽게 하면 되고 걸림돌은 뽑아서 버리면 된다.

그런데 걸림돌을 뽑으려고 하면 밖으로 튀어나온 부분은 얼마 되지 않고 땅에 묻힌 부분이 많아 잘 뽑혀지지가 않는다. 마찬가지로 진웅이가 공부를 하는 데 걸림돌이 되는 나태함과 지겨움 등 여러 가지 방해물도 뽑아내려면 결코 만만치가 않다.

어느 누구든 힘들게 공부하는 게 즐거운 사람은 별로 없다.

단지 미래를 위해서 또 꿈을 위해서 즐거운 마음으로 하려고 노력을 할 뿐!

내 꿈을 위해서 내일의 영광을 위해서 지금 내 옆에서 나를 유혹하는 걸림돌을 잘 제거하는 지혜가 필요하다. 예로부터 "몸에 좋은 약은 입에 쓰다."라고 했다.

지금의 수고와 노력 그리고 인내와 열정이 미래의 내게 보약과 같은 존재가 된다는 사실을 잊지 말아야 한다.

그래야 나중에 진웅이도 남에게 디딤돌과 같은 존재가 될 수 있다.

사람이 태어나서 남들에게 디딤돌과 같은 귀한 존재가 되어야지 남들을 넘어지게 하고 힘들게 하는 걸림돌 같은 사람이 되어서는 안 되지 않겠어?

최진웅!
우리는 항상 나의 디딤돌을 찾기보단 남의 디딤돌과 같은 사람이 되기 위해서 노력해야 한다.

그리고 내게 걸림돌이 되는 것이 무엇인가를 찾아서 제거하기에 힘써야 한다.

그래야 내 주변에 나의 디딤돌이 많이 존재한다.

내 주변에 나의 디딤돌이 많이 존재한다는 건 나의 걸림돌을 많이 제거했다는 증거 아닐까?

오늘도 본인의 걸림돌이 무언지 찾아서 제거하고 디딤돌을 발판 삼아 단계 단계를 밟아 올라가는 내 아들 최진웅을 생각하며 아버지도 하늘을 우러러 부끄럽지 않게 살기를 다시 한번 다짐하고 열심을 내 보기로 한다.

열심히 해라! 내 아들! 최진웅!

2019년 5월 28일에
대구에서 아버지가

열다섯 번째 편지

최진웅!

6평 잘 쳤제?

신록의 6월이 왔다.

이 6월이 지나면 올 한 해도 절반을 넘기게 된다. 즉 반환점을 돌게 되는 거지.

그러면 아버진 전반기의 실적을 살펴보고 하반기에는 어떻게 사업을 전개해야 전반기의 부족한 부분을 채우며 또 잘된 부분은 더욱 알차게 채워 나갈 수 있도록 할까를 고민해야 한다.

사업이란 것도 항상 지난 것은 되짚어 보고 무엇을 보완해야 앞으로 더 전진할 수 있는지를 늘 생각하며 하루하루를 이끌어 나가야 연말에 사업 목표를 달성할 수가 있다.

중간에 여차하여 점검을 하지 않고 잘못되어 가고 있는 사업 방향을 수정하지 않으면 결과는 목표와 다른 곳으로 흘러가 엉뚱한 결과물을 얻게 되는 경우가 허다하다.

그러니까 사업이든 공부든 중간 점검은 필수이고 그 중간 점검에서 방향과 방법의 수정이 필요하다면 즉시 고쳐서 새로운 방법과 방향으로 나가야 제대로 된 목표와 목적을 달성할 수 있다.

최진웅!

성경 말씀 중에 누가복음 10장 말미에 보면 소경 바디매오에 대한 이야기가 나온다. 이 내용은 마태복음 20장 말미에도 나오는 이야기다.

누가복음에 내용이 더욱 상세히 기록되어 있기에 누가복음의 말씀을 들어 보기로 하자.

이 이야기는 예수님께서 이 땅에 오신 마지막 목적을 달성하기 위해 예루살렘으로 가시는 길에 여리고 성을 지나가실 때 일어난 일로 성경은 기록하고 있다.

"예수께서 제자들과 허다한 무리와 함께 여리고에서 나가실 때에 디매오의 아들 소경 거지 바디매오가 길가에 앉았다가 나사렛 예수시란 말을 듣고 소리 질러 가로되 다윗의 자손 예수여 나를 불쌍히 여기소서 하거늘 많은 사람들이 꾸짖어 잠잠하라 하되 그가 더욱 심히 소리 질러 가로되 다윗의 자손 예수여 나를 불쌍히 여기소서 하는지라 예수께서 머물러 서서 저를 부르라 하시니 저희가 그 소경을 부르며 이르되 안심하고 일어나라 너를 부르신다 하매 소경이 겉옷을 내어버리고 뛰어 일어나 예수께 나아오거늘 예수께서 일러 가라사대 네게 무엇을 하여 주기를 원하느냐 소경

이 가로되 선생님이여 보기를 원하나이다 예수께서 이르시되 가라
네 믿음이 너를 구원하였느니라 하시니 저가 곧 보게 되어 예수를
길에서 좇으니라"

최진웅! 이 성경 내용을 그냥 무심히 읽으면 '아! 예수님께서는
전능하신 분이니 한 소경을 낫게 해 준 이야기구나.' 하고 치부해
버릴 수도 있는 이야기다.

하지만 내용을 깊이 있게 읽으면서 묵상을 해 보면 이 말씀이 우
리에게 무엇을 요구하는지 어떻게 행동하기를 원하는지 확실히 알
수 있다.

여기서 먼저 디매오의 아들 소경 거지 바디매오는 예수께서는
소경인 자기를 고칠 수 있다는 확신을 가지고 있었다. 그렇기에 나
사렛 예수란 말을 듣고 소리를 질러 예수께 나아갈 수 있기를 바
랐던 것이다. 그런데 주변에 있는 무리들(아마 그중에는 예수의 제자
도 있었을 것이다.)은 바디매오에게 "잠잠하라"라고 한다. 성경이니까
그렇게 좋게 적어 놨지만 실제 상황이라면 "시끄럽다, 이 소경 놈
아." 했을지 아니면 "소경 놈이 고함은?"이라고 했을지 아니면 더 나
아가 "죽을래? 이 소경놈아." 하면서 목숨의 위협을 받았을지도 모
른다.

왜냐하면 나중에 "예수께서 머물러 서서 저를 부르라 하시니 저
회가 그 소경을 부르며 이르되 안심하고 일어나라 너를 부르신다
하매"라고 적고 있거든. 이는 그 전의 상황이 안심할 상태가 아니

고 상당히 위험했거나 곤란한 상황이었다는 반증이 아니겠어?

그런데도 소경 거지 바디매오는 더욱 소리 질러 예수의 주목을 끄는 데 성공하고 주저없이 "보기를 원하나이다" 하여 그렇게 소원하던 보는 것에 성공하게 된다.

즉 소경 거지 바디매오는 자신이 원하는 개안을 위해서 어떠한 어려움도 두려움도 극복하겠다는 강한 의지와 믿음을 보여 주고 있으며 그리고 예수께서는 반드시 내 병을 고칠 수 있다는 확신을 가지고 있었음을 알 수 있다.

그러니까 위협을 받으면서도 더욱 소리 질러 예수를 불러 세운 것이다.

자! 그러면 최진웅!

위의 내용을 우리의 생활에 적용해 보자.

진웅이는 학업에, 아버지는 사업에.

우리 스스로는 바디매오처럼 적극적으로 어떠한 어려움도 두려움도 주변의 방해도 물리치고 내 목표를 향하여 일체의 주저함도 없이 나아가고 있는지? 아니면 주변의 꾐에 유혹에 흔들려 목표를 살짝 변경하거나 바꿀려고 하지는 않는지?

그리고 우리는 바디매오처럼 반드시 내가 세운 목표는 달성할 수 있다는 확신에 차 있는지?

어떤 것 같아?

아버진 믿는다.

우리 진웅이가 올해 삼수를 시작하면서 세운 목표는 반드시 달성할 수 있다는 확신에 차 있으며, 또 어떠한 어려움도 두려움도 주변의 방해도 물리치고 어떤 주변의 꾐과 유혹에도 넘어가지 않고 초지일관하고 있다고.

최진웅!
이번 주도 건강하고 승리하는 하루하루로 채워 나갈 수 있도록 하자!
자! 아들 파이팅!

P.S. 8일에는 아버지 혼자 갈지도 모르겠다. 네 엄만 일 때문에 못 갈지도 모른다고 하네.

2019년 6월 6일 현충일에
대구에서 아버지가

열여섯 번째 편지

최진웅!

6평 모의고사 성적이 좋아서 너도 기뻤겠지만 아버지도 상당히 기뻤다.

내려오면서 수능을 잘 치고 환하게 웃으며 내려오는 네 모습 생각하며 운전을 하였더니 대구에 금방 도착하여 있더구나.

네 엄마는 6평 성적이 수능 성적이었으면 하더라만 아버지는 진웅이가 수능에서 전부 1로 장식 해 버릴거다 한 그 말을 믿는다.

그러려면 6평에서 모자란 부분은 잘 보충할 수 있도록 해야 하고 또 진웅이가 잘하는 부분은 확실하게 진웅이 것으로 만들어서 어떠한 실수도 용납이 되지 않도록 해야 한다.

그러기 위해선 더욱 더 자신을 학업이랑 곳에 밀어 넣어야 하고 어떠한 흔들림이나 좌고우면이 없어야 한다. 오로지 이 길만이 나에게 영광의 면류관을 안겨 줄 길임을 확신하고 엄청난 인내와 끈기로 앞으로 또 앞으로 나아가야 한다.

그것만이 자신이 뱉은 말에 책임을 질 수 있는 유일한 길이다.

아버진 11일부터 13일까지 일본 출장을 다녀왔더니 한 주일이 다 가고 없구나!

최진웅!
구약성경 열왕기상 말미의 17장에서 19장을 보면 엘리야 선지자에 대한 이야기가 나온다.
엘리야 선지자가 어떤 사람이냐 하면 성경에 죽지 않고 산채로 하늘로 들리워 올라간 사람이 둘 나오는데 한 사람은 창세기에 나오는 '에녹'이고 그리고 또 한 사람이 오늘 이야기할 '엘리야' 선지자다.
찬송가에도 "나의 사랑하는 (성경)책… 어머님이 들려주시던… 주의 선지 엘리야 병거 타고 하늘에 올라가던 일을 기억합니다"라고 나올 정도로 유명한 선지자다.
그리고 마가복음 9장에 보면 "엘리야가 모세와 함께 저희에게 나타나 예수로 더불어 말씀하거늘 베드로가 예수께 고하되… 우리가 초막 셋을 짓되 하나는 주를 위하여, 하나는 모세를 위하여, 하나는 엘리야를 위하여 하사이다 하니" 할 정도로 이스라엘 민족에겐 영향력이 있는 선지자다.
어쨌건 엘리야 선지자의 이야기는 이스라엘이 남유다와 북이스라엘로 나뉘고 난 뒤 북이스라엘 왕 아합과 그의 비인 시돈왕의 딸 이세벨이 북이스라엘에 바알 사당을 짓고 하나님 보시기에 온갖 악행을 저지렀고 이스라엘 사람들 또한 바알 사당에 가서 기도하고 제사를 지내고 한 그런 하나님을 망각한 시기였던 것 같다.

이를 보다 못한 하나님께서 길르앗에 만거하는 디셉사람 엘리야라는 선지자를 불러 아합왕에게 일러 "앞으로 내 말이 없으면 수년 동안 비가 오지 않을 것이다"라고 전하게 한다.

그리고 3년 동안 이스라엘 땅에 비 한 방울 오지 않게 하신다.

그러니 온 이스라엘 땅에 기근이 들어 백성은 물론이고 그들의 생사를 책임지던 군주인 왕과 왕비는 난리가 아닐 수밖에 없잖아?

그럴 때에 그동안 이리저리 옮겨 지내던 엘리야 선지자가 나타나 수많은 이스라엘 사람들이 지켜보는 가운데 바알 선지자 450명, 아세라 선지자 400명과 갈멜산에서 비 오게 하기 시합을 한다.

일종의 기우제 시합이라고 할까? 850 대 1로 한판 승부가 붙는 셈이지.

먼저 바알 선지자 450명, 아세라 선지자 400명이 먼저 기우제를 시작한다. 아침부터 정오까지 기도도 하고 난리법석을 떨어도 비가 안 오거든.

그러니까 엘리야가 "너희 신이 잠시 집을 비운 모양이니 더 크게 불러라." 한다.

저녁 초입까지 생쇼를 하고 심지어 자해를 해도 비가 안 오거든.

그러자 엘리야 선지자가 "너희 신은 참 신이 아니라." 하면서 이스라엘 백성에게 "잘 보라. 누가 참 하나님인지." 하면서 기도하여 비가 오게 한다.

그리고 450명의 바알 선지자와 400명의 아세라 선지자를 기손 시내에서 다 죽여 버린다.

그런데 이걸 안 북이스라엘 왕비인 이세벨이 대노하여 엘리야 선지자를 죽이겠다고 설치고 다니자 엘리야 선지자가 위협을 느끼고 남유다로 도망을 가서 한 로뎀나무 아래에서 하나님께 죽기를 간구하다가 지쳐 누워 잔다(아마 아버지가 하나님께 엘리야 선지와 같은 영적 능력을 위임 받았으면 '그래 한번 맞짱 떠 보자' 하고 이세벨하고 한판 떴을 거야, 근데 성경에는 그렇게 기록하지 않고 있다.).

그러자 천사가 어루만지며 위로하여 숯불에 구운 떡과 물 한 병을 주고 간다.

그래도 지치고 힘들어하자 다시 천사가 와서 어루만지며 이르되 "일어나서 먹으라 네가 길을 이기지 못할까 하노라 하는지라 이에 일어나 먹고 마시고 그 식물의 힘을 의지하여 40주晝 40야夜를 행하여 하나님의 산 호렙에 이르니라. 엘리야가 그곳 굴에 들어가 거기서 유하더니 여호와의 말씀이 그에게 임하여" 이 내용을 보면 850 대 1의 대결도 당당히 맞섰던 엘리야 선지자도 마음이 궁핍해지고 곤고해지면 지치고 힘들어 한다.

하물며 보통 사람인 우리야 수시로 마음이 변하고 힘들어 하고 괴로워하는 게 당연지사다.

그러니까 진웅이가 공부하다 보면 느끼는 힘듦과 외로움 또 왜 이렇게 공부하는 게 맞을까 하는 의문에 더하여 공부해도 실력이 늘 그 자리인 것 같은 초조감 그리고 순간 순간 물밀듯이 밀려오는 회의감, 게다가 알게 모르게 다가오는 주위의 기대감 거기다가 안정이 되지 않고 등락을 거듭하는 성적 그야말로 스펙타클 그 자체지.

네가 표현은 하지 않지만 너 또한 그러함이 왜 없을까?

아버지도 다급하고 촉박한 공부를 해 봤기에 누구보다도 잘 안다.

그러나 그에 좌절하고 일어서지 못하면 안 된다.

성경에도 분명히 천사가 일어나서 먹으라고 한다.

이유는? '네가 길을 이기지 못할까' 해서 가야 할 목적지가 있기에 일어나서 먹고 힘내서 다시 가야 한다는 것이다.

그리고 성경 책에 보면 엘리야 선지자도 그 식물의 힘을 의지하여 40일 밤낮을 걸어서 마침내 하나님의 산 호렙에 이르렀다고 되어 있다.

무슨 비행기나 알라딘에 나오는 나르는 양탄자로 태워 준 게 아니고 40주 40야를 행하여 즉 걸어서 갔다는 이야기지. 본인의 수고로 본인의 인내로 광야의 모랫바람과 싸우며 지팡이 하나 의지해서 목적지에 도착해 안식을 누리게 되었다는 거지.

최진웅!

내 아들 진웅이도 지금 온 힘을 다해 광야의 어떠한 모진 모랫바람과 광풍이 불어와도 견뎌내고 엘리야 선지자의 850 대 1을 넘어 60만 대 1의 싸움도 거뜬히 이겨 낼 능력을 키우고 있음을 아버지는 믿어 의심치 않으며 네가 장담한 대로 수능에서 전과목 전부 올all 1로 장식하는 것 또한 믿어 의심치 않는다.

　사랑한다! 아들!

2019년 6월 14일에

대구에서 아버지가

열일곱 번째 편지

최진웅!

네가 다시 서초 메가로 떠나고 아버지가 중국 출장을 마치고 오니 6월이 다 지나가고 7월의 첫날을 맞이하게 되는구나.

벌써 1년의 절반을 보냈다는 마음에 서운하기도 하고 시간의 빠름에 새삼 놀라기도 한다.

이렇게 봄은 가고 여름이란 놈이 삽짝을 열고 집 마당을 기웃거리는 걸 보면 '아, 벌써!'라는 탄성과 함께 뜨거움을 이겨 내야 하는 연단과 인내의 계절이 다가왔음을 절실히 느끼게 된다.

이렇게 시간의 흐름은 절기를 바꾸고 이 절기의 바뀜에 따라 싹이 날 땐 싹이 나고 꽃이 필 땐 또 꽃이 피고 초록이 무성한 신록의 계절을 지나 뜨거운 여름의 태양볕에 연단과 고통을 거쳐야 가을의 풍성함과 넉넉함을 가질 수 있는 게 자연의 섭리가 아닌가 생각한다.

만약 싹이 나서 싹의 부드러움에만 머문다면 꽃의 아름다움을 우리는 보지 못할 것이고 또 꽃의 아름다움이 보기 좋다고 꽃만 피는 곳에 산다면 푸르름의 싱그러움을 우리는 알지 못할 것이며 여름의 뜨거운 태양열을 견디지 않는다면 무르익은 알곡과 달콤한 열매가 풍성한 가을의 추수는 얻지 못할 것이다.

그러니 때에 맞는 자연의 흐름은 거역할 수 없는 순리이며 우리, 사람 또한 자연과 같은 논리에 의거해서 싹을 틔울 땐 싹을 틔워야 하고 꽃을 피울땐 꽃을 피워야 하며, 싱그러움과 뜨거움의 고통과 연단을 은근과 끈기로 인내하며 뜨거운 열정으로 견뎌 내야 최종의 목표와 목적을 이룰 수 있을 것이다.

최진웅!

이사야서 43장을 보면 "야곱아 너를 창조하신 여호와께서 이제 말씀하시느니라 이스라엘아 너를 조성하신 자가 이제 말씀하시느니라 너는 두려워 말라 내가 너를 구속하였고 내가 너를 지명하여 불렀나니 너는 내 것이라 네가 물 가운데로 지날 때에 내가 함께 할 것이라 강을 건널 때에 물이 너를 침몰치 못할 것이며 네가 불 가운데 행할 때에 타지도 않을 것이요 불꽃이 너 사르지도 못하리니 대저 나는 여호와 네 하나님이요 이스라엘의 거룩한 자요 네 구원자임이라"라고 적고 있다.

여기서 "야곱아"와 "이스라엘아"를 "진웅아"라고 고치고(왜냐하면 진웅이도 알겠지만 야곱에게 하나님께서 주신 새 이름이 이스라엘이다.) 이 말씀을 읽어 보면 하나님께서 진웅이를 구속하였고, 여기서 구속이란 감방에 넣어 구속한다는 뜻이 아니고 너를 하나님 마음속에 품었다는 뜻이다.

그러니까 일찍이 하나님께서 진웅이를 마음속에 품었고 지명하여 불렀으니 너는 하나님 것이다.

그러니 네가 물속에 가든 불속에 가든 어디로 가든 너를 손끝만큼도 상하지 않게끔 보호하고 지켜 주시며 네가 하고자 하는 모든 일에 관여하시고 주관하여 주겠다는 것이다.

그러면서 마지막에 하시는 말씀이 "약속한 게 누구냐?"

"나! 여호와 네 하나님이요 거룩한 자이며 너를 애초부터 구원한 하나님이다."란 말씀이다.

최진웅!

7월 1일이다.

새로운 반년의 시작이고 여름의 시작인 날이다.

이 반년을 진웅이가 잘 이겨 내고 승리자의 길을 가야 빛나는 영광의 면류관을 머리에 쓰게 된다.

장마가 와서 비가 오락가락 하지만 이 장마가 끝나고 나면 습기와 열기가 힘을 합해서 불쾌지수란 놈을 끌고 와서 사람을 괴롭히고 힘들게 할 것이다.

그러나 그에 굴복하지 않고 시간이란 친구가 앞으로만 가고 뒤로 돌아갈 줄 모르듯이 최진웅이도 앞으로 전진만 있을 뿐 뒤로 돌아서면 안 된다.

과거를 돌아보고 곱씹는 사람에겐 미래가 없다.

그냥 앞으로 나아가기만 해야 한다.

그러면 물속에서도 불속에서도 지키시는 여호와 하나님께서 너와 함께 하시며 진웅이가 바라는 바, 꿈꾸는 바를 반드시 이루어 주실 것이다.

오늘도 앞으로의 전진만을 생각하고 승리자의 길을 열심히 뛰고 있을 내 아들 최진웅! 그리고 여호와 하나님께서 구속하시고 지명하여 불러 언제나 함께하시기로 약속하신 내 아들 최진웅을 생각하며.

2019년 7월 1일에
대구에서 아버지가

열여덟 번째 편지

최진웅!

장마 기간이라 하더니 비는 오지 않고 날씨만 더워지는구나.

내일모레 수요일에 비가 온다고 하던데 요즘 기상청의 일기예보도 종잡을 수가 없으니….

그래서 아버진 요즘 토요일마다 군위 농장에 가서 호두나무에 물 주느라 바쁘다.

다행히 지난 봄에 네 외할아버지 친구분께 부탁드려 관수 설비를 했기 때문에 물 호스를 들고 다니지 않고 펌프 스위치만 올리면 되게끔 해 놨기에 망정이지 그렇지 않다면 물 호스를 들고 땀을 비 오듯 쏟으면서 온 농장을 돌아다닐 뻔했다.

그러니 모든 게 제때에 비가 올 건 오고 또 햇볕이 내리쬐어 뜨거울 땐 뜨거워야 되는 거야.

엊그제 라디오를 들으니 아메리카 인디언들은 7월을 "과일이 태양볕을 먹는 달"이라고 불렀다고 하더라. 맞는 말인 것 같지 않아?

과일이 맛이 있으려면 뜨거운 태양 아래서 익어야 과일 본연의 맛이 나는 거야.

사람도 마찬가지다.

시련과 고난을 이겨 내야 그 사람이 고유의 맛을 내는 참사람(진국)이 되는 거야. 그걸 지금 진웅이는 이겨 내고 있다고 생각하면 삼수의 길이 그렇게 힘들게 느껴지진 않을 거다.

최진웅!

네 누나 재수 때 약국에서 TV를 보는데 개그맨 이경규 씨가 진행하는 예능 프로그램에 『미쳐야 청춘이다』를 쓴 서상록 씨가 나와서 자기가 대학에 간 이야기를 하는 것을 보고 네 누나에게 편지로 전해 준 적이 있는데 어쩌면 그 내용이 진웅이에게도 힘이 되지 않을까 싶어서 보내 본다.

서상록 씨라면 진웅이는 잘 모를지 모르겠다. 지금은 없어진 대기업이지만 한때는 프로 야구단도 소유했던 전 삼미그룹의 부회장이었고 은퇴 후 롯데호텔의 웨이터로 재취업해서 직업의 귀천을 타파했다고 한동안 대단한 호응을 얻기도 했고 그 뒤로 한국외국어대 부총장을 역임하고 또 무슨 사회 운동인가 하시다가 몇 년 전에 작고를 하신 분이다.

그분이 TV 프로그램에서 자기가 대학에 간 이야기를 하시더라고.

서상록 씨는 경북 경산 출생으로 9남매 중 막내 아들이며 외아들이었단다.

그러니 그의 어머니가 얼마나 어린 상록이를 귀하게 키웠겠어?

행여 바람 불면 날아갈까 비오면 비에 젖을까 말 그대로 애지중지 키우지 않았겠어?

그런 상록이가 어느덧 커서 국민(초등)학교에 갈 나이가 되었는데 그때나 지금이나 엄마들 마음은 매한가지 아니겠어? 어머니가 큰누나한테 상록이에게 한글을 가르쳐 주라고 했다고 한다.

누나도 동생이 귀엽고 귀하긴 마찬가지인지라 열심히 가르쳤는데 6개월을 가르쳐도 한글을 깨우치지 못했단다. 그랬더니 그 누나가 "상록인 바보인 모양이다. 가르쳐도 도무지 모르니 나도 이제 그만 할래." 하고 화를 내며 그만두더란다.

그런데 상록이 어머니는 "지가 잘못 가르쳐 놓고 우리 천재 상록일 바보 취급한다."라면서 오히려 큰누나를 혼내더란다.

그렇게 해서 어쨌건 상록인 국민학교에 들어갔고 열심히 공부를 했는데 어느날 선생님께서 수업 시간에 상록일 불러내 산수문제를 풀어 보라고 했는데 풀고 나니까 선생님께서 "상록인 천재다. 이 문제를 푸는 걸 보면." 하고 어린 상록일 천재의 반열에 올려놓더란다.

그래서 그 뒤로 열심히 공부해서 고려대 정치외교학과에 합격을 했단다.

근데 그즈음에 IQ 지수 테스트가 있어서 그걸 해 봤는데 서상록 씨 IQ 지수가 80대밖에 안 나오더란다. 다른 친구들은 모두 100 이상은 나오는데…

사실 IQ 지수가 80대면 기억력 수준이 침팬지나 진돗개 수준밖에 안 된다.

그러니 그때 방청석에서 "말도 안 된다. 그 IQ 지수가 잘못된 거 아니냐?", "IQ 지수 80밖에 안 되는 사람이 고려대 정외과에 갔다는 게 말이 되느냐?" 하고 웅성웅성거렸다.

그러자 서상록 씨가 "나도 의심스러워 두 번이나 더 측정을 해 봤다. 그리고 나도 IQ가 80 정도밖에 안 되는 것을 진작에 알았으면 공부를 포기하고 다른 걸 했을 것이다. 그런데 어머니와 선생님께서 천재라고 하시는 바람에 진짜 천재인 줄 알고 열심히 공부했다. 그리고 공부는 상대방이 책을 열 번 본다고 하면 나는 서른 번 마흔 번을 읽고 외우고 했다. 그랬더니 고려대 정외과에 합격하더라."라고 한 내용이다.

최진웅!

공부란 그런 것이다.

자기 스스로를 굳건히 믿고 열정을 가지고 은근과 끈기로 공부에 몰입을 하면 답이 나온다.

남들이 다섯 번 보면 난 열 번 스무 번 보면 되고 남들이 열 번 보면 난 서른 번 마흔 번 보면 된다.

공부엔 왕도가 없다.

자신을 믿고 줄기차게 하루하루 최선을 다하는 것 외에는 달리 왕도가 있을 수 없다.

찬란한 미래를 꿈꾸면 오늘을 최선을 다해 살면 된다.

오늘이 하루하루 모여 내일이 되고 내일이 하루하루 모여 미래가 된다.

지나간 어제는 생각할 필요가 없다.

어제에 매이면 과거를 생각하게 되고 과거를 생각하다 보면 미래의 꿈을 접기 쉽다.

그래서 현명한 사람은 과거보단 미래를 바라보고 미래를 바라보는 사람은 오늘 하루를 최선을 다해 살려고 한다.

진웅이는 그래도 우리 집에서도 IQ 지수가 높은 편이잖아?

아버지가 알기로는 아버지와 작은누나가 IQ 127로 같고 네 큰누나는 132라고 들었고 진웅이도 135인가 136인가로 알고 있는데(네 엄마 150은 솔직히 뻥인 것 같고)….

그러면 넌 우리 기족들 중엔 IQ 지수가 제일 높을 뿐만 아니라 서상록 씨에 비하면 넌 천재 중에서도 최고의 천재인 것이다.

그러니 넌 IQ 핑계는 댈 수가 없다.

그러니 오로지 실력으로 보여 주는 수밖엔 없다.

알겠지?

자! 그럼. 오늘도! 이번 주일도! 최진웅! 파이팅하고!

2019년 7월 8일에
대구에서 아버지가

열아홉 번째 이야기

최진웅!

장마 기간이라 하면서 비도 오지 않고 날씨도 예년같이 덥지를 않으니 올 여름은 조금은 낯선 여름이라 해야 할 것 같다.

장마 기간에 오는 비가 한국 강수량의 3분의 1에서 절반 가까이라 하던데 이래가지고야 올해의 강수량이 1,000밀리미터나 되겠나?

비가 올 땐 비가 오고 더울땐 더워야 농사가 잘되고 과일도 당도가 높아져 맛있게 되는 법인데 올여름은 좀…. 그런데 대프리카답지 않게 덥지 않으니 열대야도 없고 생활하는 데는 푹푹 찌는 것보다 좋은 것 같다.

아버진 내일 일본 출장을 간다.

일본이 반도체 및 디스플레이 관련 중요 소재를 수출하지 못하게 규제를 한다고 해서 뒤숭숭하기도 하지만 아버지 회사 매출의 거의 매년 3분의 1 이상이 일본에서 일어나고 있는 상황이고, 특히 올해는 국내의 삼성디스플레이나 LG디스플레이에서 투자가 없기 때문에 거의 일본이 중국에 수출하는 장비에 아버지 회사의 제품을 납품하여 매출을 일으키고 있어서 현재 일본의 상황이 어떤지도 알아봐야겠고, 또 향후 일본의 규제가 어떤 방향으로 전개가 될지도 확인을 해 봐야겠기에 다녀오려고 한다.

아마 7~8월엔 어쩔 수 없이 일본을 자주 왕래할 수밖에 없을 것 같다.

최진웅!

아버진 아무래도 성경 중에 신약보다는 구약이 훨씬 마음에 와 닿는다.

아마도 아버지가 역사를 좋아하다 보니까 구약의 상당 부분이 역사서이고 또 그 당시의 시대 상황이 알고 있는 서양역사와 맞아 떨어지니까 더 애착이 가서 읽게 되는 것 같다.

오늘 아버지가 네게 이야기하려고 하는 부분은 구약의 느헤미야서의 내용이다.

개략적인 배경을 이야기하면, 다윗왕에 의해 통일된 이스라엘이 지혜의 왕이라는 솔로몬왕을 지나서 북이스라엘과 남유다, 두 개의 나라로 나누어진다.

그리고 이후에 북이스라엘은 기원전 700년경 앗수르에 수도인 사마리아가 정복당해 패망하고 앗수르의 혼혈 정책에 말려서 이스라엘 민족의 순수성을 잃게 된다. 그래서 남유다의 유대인들이 사마리아 사람들을 상당히 더러워하며 같이하기를 꺼려하게 된다.

북이스라엘이 패망하고 약 150년 후에 남유다는 당시의 신흥 제국이던 바벨론에게 정복당해서 많은 유대인들이 바벨론에 포로로 잡혀가게 된다.

이때를 1차 디아스포라(히브리어로 '흩어지다'란 뜻이다.)라고 한다.

2차 디아스포라는 성경에는 나와 있지 않지만 유대인들이 로마제국에 항거하다 다시 (유대인들이) 유럽의 각지로 흩어지게 되고, 이로 인해 2차 세계대전 때 독일나치에 의해 600만에 달하는 유대인들이 학살당하는 참사를 겪기도 한다.

이 대학살을 계기로 영국에 거주하던 유대인들을 중심으로 '시온운동'이 전개되고 2차 세계대전이 연합군의 승리로 돌아가자 지금의 팔레스타인 땅(옛 가나안 땅)을 유대인에게 돌려줘서 이스라엘이라는 독립국을 이루어 살게 된다.

그래서 아직도 팔레스타인 땅에는 기존에 살던 팔레스타인사람들과 유대인들의 전쟁이 끊이지 않고(일어나고) 있고 1, 2, 3차에 걸친 이스라엘과 아랍국 간의 중동전쟁도 치르게 된다.

좌우간 1차 디아스포라 이후 바벨론에 끌려간 유대인들은 페르시아의 키루스 대제(성경엔 '고레스'로 나온다.)에 의해 대 사면령이 내려지기 전까지 약 70년을 가나안 땅을 벗어나 바벨론과 페르시아 등지에서 이방 생활을 한다.

그러면서도 유대인들은 어려울 때마다 여호와 하나님을 찾았고 특히 그들의 지도자들은 하나님 경외하기를 더디하지 않았다. 다니엘이 그랬고, 모르드개가 그랬고, 에스라도 또 오늘 이야기할 느헤미야 또한 그러했다.

느헤미야는 1차 디아스포라의 마지막 시기 그러니까 키루스대제가 대사면령을 내린 후 상당수의 유대인들이 에루살렘으로 돌아가고 또 남은 유대인들도 돌아갈려고 하는 시기에서부터 예루살렘성을 복원하는 시기의 유대인 지도자였을 것으로 보인다.

왜냐하면 느헤미야서의 시작이 "나의 한 형제 하나니가… 남아 있는 유다사람과 예루살렘성의 형편을 물은즉… 그 도중에 큰 환난을 만나고 능욕을 받으며 예루살렘성은 훼파毀破되고 성문은 소화燒化되었다 하는지라"라고 되어 있는 걸 보면 아마도 역사적인 시기는 아버지의 추정이 맞다고 본다.

이 느헤미야가 페르시아의 아닥사스다왕 때 왕의 술 관원이었던 모양인데 지금으로 보면 청와대 비서실의 의전실장쯤 되지 않겠나 싶다. 그러니 당시 유대인으로선 상당히 출세도 했고 페르시아에서도 힘깨나 쓰는 고급 관료였던 셈이다. 그런 그에게 하나니가 예루살렘성이 훼파되고 성문이 다 타서 없어졌더라는 이야기를 전하니 그가 며칠을 앉아서 울고 슬퍼하며 금식을 하고 기도하다가 왕에게 예루살렘으로 가서 성과 성문을 중건重建하게 해 달라고 간청을 한다.

그러자 왕이 언제 돌아올 것이지 기한을 정하고 허락하면서 군대장관과 마병을 내어주고 강 서편의 총독들에게 조서를 보내 느헤미야의 일에 협조하라고 한다.

그런데 어디든지 좋은 일에는 마가 끼이게 마련이다. 그래서 "호사다마好事多魔"라 하겠지.

총독들 중에 호른사람 산발랏과 암몬사람 도비야 그리고 아라비아 사람 게셈이 느헤미야가 예루살렘성을 중건하겠다고 하자 "너희가 지금 성을 중건하고 해서 왕을 배반하려고 한다."라면서 한편으론 겁을 주고 한편으론 "미약한 너희 유대인이 무엇을 제대로 하겠느냐."라면서 조롱을 하고 또 상호 이간질을 하면서 유대인에게 심리전을 펴서 불안하게 한다.

그것도 모자라 성이 모양을 갖추어 가자 그들은 "예수살렘으로 쳐들어 가서 성을 부셔서 그 역사를 그치게 하겠다."라고 한다

그러자 유대인들의 마음이 불안해져서 "흙무더기가 아직 많이 남았고 우리의 힘이 쇠하였으니 성을 건축하지 못하리라." 하고 좌절한다.

이때 느헤미야가 하나님께 기도하고 유대인들을 독려하여 '한손으론 일을 하며 한손에는 병기를 잡고' 일을 하였고 또 각 지역마다 뿔피리 든 자를 두어 서로 위험이 닥쳤을 때는 연락하게 하여 예루살렘성을 완성하고 마지막에 성문까지 달게 한다.

그리고 학사 에스라를 청하여 모세의 율법책을 온 유대인 앞에서 강론하게 하고 7일 동안 절기를 지키고 성회를 열었다고 되어 있다.

최진웅!

느헤미야가 예루살렘 성을 쌓고 성문을 달고 중건하는데 겉으로 보면 최고의 방해자가 산발랏과 도비야 그리고 게셈인 것 같다.

그들이 겁을 주고 조롱을 했으며 이간질을 했으니 그렇다고 생각할 수도 있다.

그러나 알고 보면 진짜 대적對敵은 그들 속에 있다.

그들 속에 있는 불안과 초조, 나태해지고 싶은 마음 그리고 그것이 만드는 좌절감이 최대의 적인 것이다.

성경에 적혀 있는 바와 같이 '흙무더기가 아직 많이 남았고'의 불안감 '우리의 힘이 쇠하였으니'의 초조함과 나태해지고 싶은 마음과 그리고 '성을 건축하지 못하리라'란 자포자기의 좌절감이 최고의 적인 것이다.

그럴 때 느헤미야와 같은 지도자가 나서서 기도하며 한 손에는 병기를 잡고 한손으론 일을 하게 독려를 했기에 예루살렘성을 완성하고 마지막에 성문까지 달 수 있었던 것이지 그렇지 않고 좌절해 주저앉았다면 절대 완성할 수 없었을 것이다.

매사 마찬가지다.

내 안에 있는 적을 없애야 한다.

내 안에 있는 불안과 초조 그리고 나태해지고 싶은 마음등의 방해 요소를 없애야 흔들림 없이 목표를 향해 돌진할 수가 있다.

그런게 생기면 나 스스로에게 느헤미야와 같이 호통을 쳐서 스스로를 다잡아야 한다.

알겠지? 최진웅!

2019년 07월 15일

대구에서 아버지가

스무 번째 편지

☾

최진웅!

1박 2일로 다녀오겠다고 나선 일본 출장이 고객의 요청으로 이틀을 연장하여 3박 4일이 되어서 갈아 입을 옷도 없고 호텔도 급히 잡느라 허둥지둥대고 어쨌든 무사히 일을 마치고 돌아왔다.

지금 일본의 무역 규제로 한국은 온나라가 시끌벅적하지만 일본은 오히려 차분하면서 조용하다.

이런 걸 보면 확실히 한국 국민은 냄비 근성이 있는 모양이다.

어느 게 득得이고 손損인지 차분히 현명하게 따져서 처신해야 할텐데 어떤 손익계산도 없이 '우—' 하는 군중 심리에 휩쓸려서, 이유도 모르고 근거도 없이 불매 운동이다 뭐다 해서 선전 선동에 휩쓸려 부화뇌동을 하는 걸 보면 아직은 실리 추구보단 인기몰이에 영합하고 그 장단에 춤추는 사람이 많구나하는 장탄식이 절로 나온다.

아버진 사업을 하는 비즈니스맨이기 때문에 어떤 일에서든 손익을 먼저 계산해 보는 습성이 있다. 과연 이게 내게 내 가정에 나아가서는 내 회사에 득이 되느냐 손이 되느냐 따져 본다. 그리고 당장은 손이 되는데 나중에 득이 된다 싶으면 과감하게 투자하고 과감하게 관계를 엮어 나간다.

그러나 지금 당장은 득이 되는데 먼 장래에 손이 되거나 손으로 돌아오는 일이라면 현재에 아무리 득이 되더라도 어떻게든 정리하고 관계를 청산한다.

아버진 그래서 그런지 이번 한일 무역 관계도 그런 관점에서 쳐다본다.

현재 그리고 앞으로의 세계는 각국의 경제가 분업화되어 갈 것이다.

각국이 지닌 고유의 장점을 최대한 살려서 각국이 서로 윈윈win-win할 수 있는 방향을 찾아서 상대방을 존중해 가면서 우호적인 관계로 이끌어 가야만 앞으로 세계 경제의 한 축으로 자리 잡고 성장해 갈 수 있을 것이다.

그런데 정치적으로는 비난하면서 경제적으로는 협력할 수 있도록 해야 한다고 하는 일부 정치인들을 보면 도저히 이해를 할 수가 없다.

이런 비논리적이고 비정상적인 프레임frame으로는 상대방을 이길 수도 없고 정신적으로도 우위에 있을 수 없다. 지나간 과거가 뼈아프고 한이 맺히면 이젠 두 번 다시 그런 일이 일어나지 않도록 우리 스스로가 잊지 않고 각고의 노력으로 모든 면에서 우위에 서도록 해야지 지금 받는 얼마의 배상금이 뭐 그리 중요하며 마음에도 없는 사과 그거 받아서 뭐 그리 기분이 좋겠어?

이스라엘처럼 "용서는 하지만 잊지는 말자."라고 지난날의 아픔을 가슴에 새기고 오늘과 내일을 열심히 살아서 세계의 어떤 나라도 감히 건드릴 수 없는 나라가 될 수 있도록 해야지 뭐 하나 제대로 가진 것도 없으면서 이상에 빠져서 현실을 외면한 채 나만이 옳은 양 하면 남는 건 세계에서 왕따가 되는 길 뿐이다.

100년 전 구한말이 딱 그랬다.

성리학의 이상론에 빠져서 중국을 향한 사대주의에 빠져서 나라가 풍비박산이 나고 있는 데도 실리 추구는 고사하고 제 정신을 못 차리고 권력에만 눈이 멀어 설치다가 결국은 나라를 일본에 잃고 마는 어처구니없는 일을 당한 것이.

그런데 그러한 길을 현재의 정치인들이 그대로 답습을 하는 것 같아 아버진 가슴이 아프다.

최진웅!

개인도 마찬가지다.

자신에게는 실익實益도 없으면서 '우―' 하는 군중 심리에 부화뇌동하여 갈피를 못 잡고 우왕좌왕하면 갈 길 잃은 배처럼 이리저리 휩쓸려 다니다가 암초에 부딪혀 파선되기 십상이다.

나만의 의지. 나만의 꿈을 가지고 내 주관대로 세상을 개척하며 살아 가야지 옆에서 누가 이러쿵저러쿵하니까 거기에 휩쓸려서 흔들리면 자신의 몸에 맞지 않는 옷을 입은 허수아비 모양으로 인생을 살아갈 수밖에 없는 거야.

과거를 알되 잊지 말고 미래를 위하여 열심히 살아서 그 작은 이스라엘이 중동의 아랍 연합국과 1, 2, 3차에 걸친 중동전쟁에서 한 번도 패하지 않고 이긴 것처럼 강하게 생존해야 한다.

과거는 과거일 뿐이다.

우리가 봐야 하는 건 오늘이고 내일이고 또 찬란한 미래인 것이다.

지금의 조그만 이익. 지금의 조그만 위안과 위로에 족하지 마라.

오히려 지금의 시련과 고난을 감사하게 생각하며 즐기며 이겨 나가라.

로마서 5장을 보면 "우리가 환난 중에도 즐거워하나니 이는 환난은 인내를, 인내는 연단을, 연단은 소망을 이루는 줄 앎이로다"라고 되어 있다.

진웅이와 우리에겐 지금보다 훨씬 뛰어나고도 자랑스러운 미래가 있다.

최진웅!

태풍 다나스가 지나가고 나니 후텁지근해지는구나.

더위에 음식 조심, 건강 조심하고.

29일 나오면 보자.

"사랑한다! 내 아들 최진웅!"

2019년 7월 22일
대구에서 아버지가

스물한 번째 편지

최진웅!

긴 여름 휴가를 보내고 돌아가는 네 모습이 아버지가 군 생활 때 휴가 후에 귀대하기 싫어서 미적대던 모습이 반추가 되는 것 같아서 좀 마음이 편치가 않더구나.

그래도 네 내일을 위해서 할 일은 해야 한다. 성경에도 있듯이 매사에 때가 있는 법이니까 그때(시기)를 놓치면 두고 두고 회한을 남기는 수가 있다.

이미 말한 바대로 아버진 내일부터 일본 출장을 가려고 한다.

출근해서 일본 고객들의 전화를 받아 보니 생각보다 한일 관계가 심각하게 흘러가는 것 같구나.

최진웅!

공부의 세계도 상대인 경쟁자가 있어서 치열한 경쟁을 치러야 하지만 비즈니스의 부분도 무수히 많은 경쟁자를 이겨 내야 물량을 확보할 수가 있으며 주변의 분위기 그리고 나라의 경제 정책 그리고 지금과 같이 국제 정세의 흐름과 방향 또 환율 더 나아가 세계 경제의 흐름 등 여러 가지 어려운 조건을 잘 고려하여 사업을 전개해야 기업의 존재 이유인 이윤을 창출할 수가 있다.

이런 이윤을 많이 창출하는 기업이 존재해야 그 기업에 속한 사원들이 급여를 챙겨 가고, 그들의 가정 생활이 윤택해지고 밝은 사회가 이루어지며 더 나아가 그들이 저축을 함으로 금융 산업이 발전하게 되고 또 그러한 것을 바탕으로 경제가 성장을 해 가는 것이다.

이러한 선순환 구조가 만들어져야 건전한 사회 건전한 경제구조가 형성이 되는 법이다.

공부도 마찬가지다. 경쟁을 거쳐서 자신이 목표로 하는 대학에 가는 것도 중요하지만, 그후 전공한 분야의 능력을 십분 발휘하여 사회와 국가의 발전을 위해서 헌신할 수 있는 사람이 되어야지만 진정으로 열심히 공부한 의미가 있는 것이다.

그렇지 않고 배우고 익힌 지식을 사회와 나라의 발전을 저해하거나 해악을 끼친다면 그 사람은 공부를 하지 않은만 못한 것이 되는 거야.

나만을 위한 사람이 되면 안 된다. 모두를 위한 사람이 되어야 한다.

모두를 위한 사람이 되기 위해서 공부를 해야지 나만을 위해서 공부하는 사람이 되면 안 된다.

최진웅!

몇 년 전에 네 작은누나 재수할 때 써 준 편지 내용이 생각나서 네게 다시 한번 적어 본다.

장돌뱅이에 대한 이야기다.

진웅이는 직접 보지를 못했기 때문에 장돌뱅이라 하면 생각이 날지 모르겠지만 보부상이라고도 하고 등짐장수라고도 한다.

아! 맞다. TV의 사극 같은 데 보면 패랭이 모자 쓰고 등짐지고 물건을 이 장터 저 장터로 팔러 다니는 사람들이 장돌뱅이다(어찌 보면 장사치라고 무시할 수도 있지만 현대의 비즈니스맨이 그들일 것이다.).

요즈음이야 상설 시장도 있고 백화점, 대형마켓등이 있어서 물산(상품)의 왕래가 바다는 배로 육지는 기차나 차량으로 신속하게 움직이지만 옛날에는 물산도 많지 않았을뿐더러 백화점이나 대형마켓 등은 꿈도 꾸지 못했고 상설 시장도 제대로 없었다.

그러니 시장은 날짜를 정해서 3일은 청도장 5일은 군위장 8일은 영천장 이런 식으로 장터를 열었고, 이때에 장돌뱅이들이 물산을 등짐으로 지고 이 시장 저 시장 돌아다니면서 물산을 팔거나 물물 교환을 하거나 해서 장사를 했다.

그러니 등짐을 지고 다녀야 하는 장돌뱅이는 얼마나 힘이 들었을까?

그래서 다들 빌붙어서는 살아도 장돌뱅이는 안 하려고 했다고 한다.

『놀부전』을 보면 흥부가 하도 못살아서 형에게 쌀 얻으로 갔다가 제 형수에게 밥주걱으로 뺨을 얻어 맞고 뺨에 붙은 밥풀 뜯어 먹으면서 형수 이쪽 뺨도 하면서 다른 뺨 내밀고….

죄지은 자 대신에 매 맞아주는 벌매는 맞으면서도 장돌뱅이 하러 갈 생각은 추호도 하지 않는다.

얼마나 힘들었는지 백제의 가사인 정읍사를 보면,

저기 오는 저 길손아

우리 주인 안 오던가?

오기사 오데만은 칠성판에 누워 오데

애고 답답한 내 속이야

올라갈 때 이승 같고 내려올 때 저승이라

장삿길이 급하나마는 죽지 말고 살아오소

장삿길 한번 가면 살아올지 죽어 올지 모르니 떠나보낸 그 부인의 속이야 말로 다 못 했겠지.

그러니 누가 하려고 했겠으며 시키려고 했겠어?

근데 그것도 살아가는 생업이잖아?

장돌뱅이로 큰 돈을 번 사람들이 옛날에는 개성 상인과 의주 상인들이 있었고, 근대에는 지금 두산그룹의 창업자이신 박승직이란 분도 서울과 송파장을 오가는 장돌뱅이였다고 한다.

어쨌건 그러한 그 장돌뱅이들에게도 전해 내려오는 말 중 "힘든 고개가 있어야 장사가 잘된다."란 말이 있단다. 그 얘기가 뭐냐 하면, 장돌뱅이가 등짐을 지고 험한 고개를 넘으려 하면 얼마나 힘이 들겠어? 우리 같은 사람은 맨몸으로 가도 숨이 차서 헉헉거릴 텐데 고개넘어 팔겠다고 물건들을 잔뜩 짊어지고 넘으려고 하면 한 발자국이 천근만근일 것이고….

확 집어 던지고 맨몸으로 훨훨 가고 싶은 마음.

아니 이 험한 고개 넘지 말고 쉬운 데로 가고픈 마음.

오만 가지 생각과 마음이 교차하지 않겠어?

그러나 고개 넘어 장터에서 장사할 생각만 하고 또 잘 팔 수 있을 거란 희망을 갖고 가니 그 험한 고개를 넘는 것이 그리 힘든 게 아닌 거라.

특히 고개가 험하다 보니 장돌뱅이들도 사람인지라 험한 길을 두려워하는 사람들은 아예 고개를 넘을 생각을 하지 않고 쉬운 길을 찾아 다른 장터로 가버리니 경쟁자도 적어지고 그러니 얼마나 신나게 장사가 잘되겠어?

이걸 생각하니 장돌뱅이가 고개 넘는 게 아무것도 아닌 게야.

그 험한 고개 넘으면서도 콧노래가 나오고 신명이 나서 어떻게 하면 손님들에게 상품의 우수성을 알리고 차제에 또 와서 장사를 할 단골 손님들을 많이 만들까?

그리고 다음엔 어떤 상품을 가지고 올까?

그 생각만 하면 그저 어깨가 가벼워지고 다리에 힘이 솟구치는 거지.

최진웅!

공부도 이와 같다.

힘든 고개가 있어서 그걸 넘어야 값진 열매를 얻을 수 있는 것이다.

그리고 그 고개를 넘을 땐 앞으로 네게 일어날 자랑스럽고 찬란하며 영광스러운 일들을 눈앞에 그리면 어떠한 시련과 고난도 이겨 나갈 수 있다

그리고 이야기하는 거지. "봐라. 난 누구도 못 오고 포기하는 그 길을 꿋꿋이 지나왔노라."라고, "그래서 지금 난 웃을 수 있노라."라고.

그게 공부고.

그게 삶이며 인생이다.

남이 못 넘고 포기하는 고개를 넘어야 네게 영광과 찬사가 주어진다.

그래서 아버지도 '반일이다', '일본의 수출 규제다' 해서 말들이 많지만 이럴 때일수록 일본의 고객들이 흔들리지 않도록 하기 위해서 더 자주 일본 출장을 다닌다.

"힘들 때 친구가 진정한 친구다."란 말을 믿고.

최진웅!

장마가 끝나고 8월이 되니 한여름의 무더위와 짜증이 밀려오는구나.

그러나 확 넘어 버리자.

장돌뱅이가 장사가 잘될 꿈을 안고 무거운 등짐을 지고도 그 높은 고개를 웃으며 넘을 수 있었던 것같이 네 내일의 영광을 생각하며 웃으며 이겨 내자.

파이팅! 내 아들 최진웅!

2019년 8월 5일
대구에서 아버지가

스물두 번째 편지

최진웅!

입추가 지나고 말복이 어제로 지나갔건만 더위는 그대로인 것
같다.

아직도 에어컨을 켜지 않고서는 잠을 청하기가 쉽지 않구나.

어제는 네 작은누나와 같이 군위 농장에 갔다가 오래간만에 옛
날처럼 숯불을 피워 놓고 석쇠 위에 삼겹살을 구워 먹었다.

맛은 있더라만 네 생각도 나고 네 큰누나 생각도 나고 좀 그랬다.

다같이 와서 왁자지껄하게 떠들면서 먹었으면 좋겠더만, 셋이서
그러려니 숫적으로도 부족하고 대홧거리도 이내 동이 나서 타고
있는 숯불만 열심히 바라보고 고기 굽히는 것만 빤히 바라보는 상
황이 수시로 연출이 되었다.

평소에 그렇게 대화가 많지 않은 가족이라서 그렇겠지 하며 위
안을 삼기에는 좀 허하다해야 할까 뭔가 부족하고 미흡하였음이
마음속으로 다가왔다.

네가 입시를 마치고 다시 집으로 돌아오고 네 큰누나도 서울서 내려오고 하면 새로운 분위기가 만들어지겠지 하고 막연하게나마 기대를 해 본다.

최진웅!

모세가 하나님의 능력으로 애굽(이집트)에 열 가지 재앙을 내리고 이스라엘 민족을 이끌고 출애굽을 하였으나 이내 출애굽을 허용한 애굽왕 바로의 변심으로 바로가 군대를 끌고 추적을 해올 때 이스라엘 민족은 홍해에 이르게 된다.

그러나 이 또한 하나님의 능력으로 이스라엘 민족은 무사히 홍해를 건너고 뒤쫓던 애굽의 군대는 홍해에 수장을 당하게 된다(이 내용은 영화 〈10계〉 등에 단골 메뉴로 나와서 일반인도 다 안다.).

그렇게 홍해를 건넌 이스라엘 민족은 엘림을 거쳐 신광야에 머무렀다가 다시 르비딤에 이르게 된다.

이 르비딤에서 이스라엘 민족은 처음으로 아말렉이라는 이방민족과 처음 전쟁을 치르게 된다.

성경 말씀을 옮겨 적으면 "때에 아말렉이 이르러 이스라엘과 르비딤에서 싸우니라 모세가 여호수아에게 이르되 우리를 위하여 사람들을 택하여 나가서 아말렉과 싸우라 내일 내가 하나님의 지팡이를 손에 잡고 산꼭대기에 서리라 여호수아가 모세의 말대로 행하여 아말렉과 싸우고 모세와 아론과 훌은 산꼭대기에 올라가서 모세가 손을 들면 이스라엘이 이기고 손을 내리면 아말렉이 이기더니 모세의 팔이 피곤하매 그들이 돌을 가져다가 모세의 아래에 놓아 그로 그 위에 앉게 하고 아론과 훌이 하나는 이편에서 하나는 저편에서 모세의 손을 붙들어 올렸더니 그 손이 해가 지도록 내려오지 아니한지라 여호수아가 칼날로 아말렉과 그 백성을 쳐서 파하니라 여호와께서 모세에게 이르시되 이것을 책에 기록하여 기념하게 하고 여호수아의 귀에 외워 들리라 내가 아말렉을 도말塗抹하여 천하에서 기억함이 없게 하리라 모세가 단을 쌓고 그 이름을 여호와 닛시라고 하고 가로되 여호와께서 맹서하시기를 여호와가 아말렉으로 더불어 대대로 싸우리라 하셨다 하였더라"라고 되어 있다.

이때 여호수아의 나이는 40대였을 것으로 추정이 된다.

모세의 나이는 약 80 정도이고.

그러니까 싸움을 온 이스라엘 민족의 명운을 걸고 싸우는데 젊은 사람은 앞에서 직접 전투에 참가해서 싸우고 나이든 모세와 아론 같은 노인들은 뒤에서 기도로 싸우는 거지.

말씀을 보면 모세가 "손을 들면 이스라엘이 이기고 손을 내리면 아말렉이 이기더니"라고 되어 있다. 그러니까 이건 현장에서 전투에 임하는 전사도 중요하지만 뒤에서 기도하고 응원하는 사람들도 그만큼 중요하단 이야기다.

예를 들어 진웅이로 따지면 입시 준비를 하고 있는 사람은 진웅이지만 뒤에서 기도하고 응원하는 사람은 아버지와 엄마 그리고 외할아버지 외할머니 또 부산의 큰아버지 큰어머니 이런 분들이겠지. 이처럼 주위 분들의 기도의 힘도 무시할 수 없는 힘이 된다.

『초한지』를 보면 한나라를 개국한 유방도 뒤에서 보급을 원활하게 해 준 소하라는 명신名臣이 있었기에 역발산力拔山 기개세氣蓋世인 항우를 무찌르고 한나라를 세울 수가 있었음을 알 수 있다.

전쟁의 상황이 모세의 손의 오르내림에 따라 바뀌는 것을 안 모세의 형 아론과 훌(성경학자들은 훌을 모세의 누나인 여선지자 미리암의 남편으로 해석하고 있다.)이 돌을 놓고 모세를 앉게 하고 양편에서 모세의 팔을 들어 올려 그 손이 해가 지도록 내려오지 않게 하는 바람에 이스라엘이 아말렉을 물리치고 승리를 하게 된다.

이게 이스라엘이 출애굽하고 난 뒤의 첫 전쟁이었으며 첫 승리였다.

그래서 여호와께서는 책에 기록하고 기념하라고 하였으며 나중에 이스라엘 민족을 이끌고 가나안을 정복할 여호수아의 귀에 외워 들리게 하라고 한다.

이는 여호와 하나님께서 함께 하고 너희가 젊은이와 늙은이가 따로없이 하나되어 싸우면 이겨 내지 못할 싸움이 없다는 것을 기억시키기 위함이었을 것이다.

그래서 모세는 그 자리에 단을 쌓고 그 이름을 '여호와닛시'라고 한다.

여호와닛시는 '여호와의 깃발'이란 뜻으로 '여호와의 승리'란 의미와 같다.

최진웅!

진웅이도 지금 아말렉은 아니지만 수능이란 것과 열심히 전투를 하고 있는 것이다.

그리고 아버지와 엄마, 외할아버지와 외할머니, 부산의 큰아버지 큰어머니, 또 네 이모와 이모부 큰누나 작은누나 누구 할 것 없이 진웅이를 위해 기도를 하고 있을 것이다.

그리하여 이 전투가 여호와닛시가 되기 위해서 모두가 한마음으로 최선을 다해야 한다.

진웅이는 진웅이의 자리에서 열심이 공부하고 아버지는 아버지의 자리에서 열심히 일하면서 시시때때로 틈날 때마다 진웅일 위해 기도하는 것이 필요하겠지. 또 행여 진웅이의 마음이 느슨해질까 해서 편지도 최선을 다해서 보내고.

아버진 요즘 진웅이에게 편지 쓰는 이 시간이 너무 즐겁고 행복하다. 언제 내가 내 아들과 이렇게 소통할 수 있는 기회가 있겠어?

일방적인 아버지의 말들만 잔뜩 쓰기에 진웅이가 고리타분하고 답답하다 할지 모르겠지만 그래도 아버진 일주일 동안 이번 주엔 무슨 내용의 편지를 쓸까 고민하는 게 너무 좋다.

내 아들 최진웅!

이번 한 주도 이기고 승리하는 삶을 살자.

2019년 8월 12일
대구에서 아버지가

스물세 번째 편지

최진웅!

말복이 열흘 정도 지난 후라 그런지 확실히 아침 저녁으론 더위가 한풀 꺾인 듯하다.

엊그제 토요일에 너하고 통화를 못 했는데 네 엄마에게 들으니 네가 힘들어하는 것 같다고 하기에 하기 휴가 때 너무 쉬고 가서 그에 대한 후유증인가 생각하다가 어찌 보면 지금쯤 네게도 한 번쯤 고비가 올 때가 되었다고 생각했다.

사람이 살다 보면 각자가 추구하고 나아가는 길에서 잘 가다가 반드시 한두 번의 역경이나 걸림돌이 있기 마련이다.

성공한 사람과 실패한 사람과의 차이도 그러한 역경과 걸림돌에서 넘어져 일어나 용기를 내어 다시 시작하느냐 아니면 주저 앉느냐에 따라 구분이 되어진다.

'넘어지면 다시 일어나 가면 되지!'라고 너무나 쉽게 생각하고 간단하게 말하지만, 실제 그러한 상황이 내게 닥치고 내게 현실로 다가오면 어느 누구든지 당황하고 머뭇거리게 되지 평소 쉽게 말한 것처럼 그렇게 벌떡 일어나 가기가 쉽지 않다.

하지만 가야 할 길이라면 용감하게 떨치고 일어나 다시금 일어나 가야 한다.

그래야 내가 바라고 원하던 고지에 이를 수가 있으니까.

가장 까까운 예로 요즘 미국 메이저리그MLB에서 사이영상 후보로 뜨고 있는 우리나라 출신의 류현진 선수를 생각해 보자.

투수에게는 생명과 같은 게 팔인데, 팔꿈치 부상으로 수술을 받고 1년 이상을 선수 생활을 못 하면서 재활 훈련을 거쳐 지금은 방어율 1.45로 미국의 MLB에서는 상상도 못할 수치라면서 강력한 사이영상 후보가 되어 있으며 자유계약FA 선수 가운데 최고의 몸값을 예상한다고 미국 스포츠계에서는 난리라고 한다.

아픔이 있어야, 걸림돌과 역경을 이겨 내야, 더욱 단단해지고 목표에 대한 의지가 더욱 견고해지는 거다. 진웅인 지금 그런 훈련을 받고 있는 거야.

이겨 내고 다시 벌떡 일어서서 가야 한다.

고지가 바로 저기인데!

목표가 눈앞에 보이는데!

최진웅!

성경 말씀을 보면 이스라엘 민족에게도 이러한 걸림돌과 어려움이 많이 있었다.

그중에서도 최고의 걸림돌은 바로 이때였을 것이다.

출애굽을 하고 꿈에도 그리던 가나안 땅을 눈앞에 두고 그동안 이스라엘 민족을 온갖 고난 속에서도 하나님과의 관계의 끈을 놓치지 않고 꿋꿋하게 이끌어 주었던 모세가 죽은 것이다.

여차하면 눈앞에 펼쳐진 가나안 땅에도 못 들어가고 애굽으로도 돌아가지 못하는 상황, 여차하면 광야에서 유리방랑流離放浪하면서 살아가는 베두인족과 같은 삶을 살아야 될지도 모르는 긴박한 상황에 이스라엘 민족이 처한 것이다.

그러나 그때에 여호와 하나님께서는 여호수아에게 용기를 내게 하시고 힘을 주신다.

여호수아 1장을 보면 "여호와의 종 모세가 죽은 후에 여호와께서 모세의 시종 눈의 아들 여호수아에게 일러 가라사대 내 종 모세가 죽었으니 이제 너는 이 모든 백성으로 더불어 일어나 이 요단을 건너 내가 그들 곧 이스라엘 자손에게 주는 땅으로 가라 내가 모세에게 말한 바와 같이 무릇 너희 발바닥으로 밟는 곳을 내가 다 너희에게 주었노니 곧 광야와 이 레바논에서부터 큰 하수河水 유브라데에 이르는 헷 족속 온 땅과 또 해지는 편 대해大海까지 너희 지경이 되리라 너의 평생에 너를 능히 당할 자 없으리니 내가 모세와 같이 있던 것같이 너와 함께 있을 것임이라 내가 너를 떠나지 아니하며 버리지 아니하리니 마음을 강하게 하라 담대히 하라 너는 이 백성으로 내가 그 조상에게 맹세하여 주리라 한 땅을 얻게 하리라"라고 적고 있다.

아버지가 제일 좋아하는 성경의 한 페이지다.

그래서 아버지의 데일리 노트daily note의 첫 페이지에는 여호수아 1장 9절 말씀이 항상 적혀 있다.

"마음을 강하게 하고 담대히 하라 두려워 말며 놀라지 말라 네가 어디로 가든지 네 하나님 나 여호와가 함께하느니라"란 구절이.

출애굽을 한 이스라엘 민족에게 모세의 죽음은 엄청난 충격이었을 것이다.

출애굽의 초기에 이스라엘 민족은 모세에게 반항도 하고 다시 애굽으로 돌아가자고 선동도 하는 작태를 보인다. 특히 홍해를 앞에 두고는 우리를 애굽에서 괜히 데려고 나와서 앞으로 가면 바다에 빠져 죽고 그대로 있으면 애굽의 병사의 칼에 죽게 되었다고 사면초가의 상황을 모세에 대한 원망으로 다 돌렸다. 그리고 바란 광야에서 모세가 여호와의 지시로 가나안 땅에 열두 명의 정탐꾼을 보냈는데 그들이 돌아와 보고하는 말들이 절망적임을 듣고 다시 모세와 아론을 원망하며 다시 애굽으로 돌아가는 게 낫겠다고 한다.

이러한 변덕이 많은 이스라엘 민족을 이끌고 그들에게 하나님의 계획을 몸으로 행동으로 보여 주며 40년 광야 생활을 이끌어 주었던 모세가, 이제 바로 목전에 가나안 땅이 있는데 그 위대한 지도자가, 하나님께서도 인정하며 "내 종 모세"라고 일컬었던 그 지도자가 죽었으니 이스라엘 민족의 상실감과 허탈함 그리고 막막함은 이루 말할 수가 없었을 것이며, 이러한 것들이 혼재되어 그들에겐 앞이 보이지 않는 거의 패닉 상태였을 것이다.

이때 하나님께서 여호수아에게 나타나 이르시기를 "내 종 모세가 죽었으니 이제 너는 이 모든 백성으로 더불어 일어나 이 요단을 건너 내가 그들 곧 이스라엘 자손에게 주는 땅으로 가라"라고 하신다.

그것도 "너는 일어나라"가 아니고 "이 모든 백성으로 더불어 일어나"라고 하신다.

그리고 "이 요단을 건너 내가 그들 곧 이스라엘 자손에게 주는 땅으로 가라"라고 분명한 목적을 가리키고 지시를 하신다.

그러곤 "무릇 너희 발바닥으로 밟는 곳을 내가 다 너희에게 주었노니" 하시며 너희가 가면 얻을 상급이 이만하다고 부연 설명을 해 주신다.

그러시면서 더하여 "너의 평생에 너를 능히 당할 자 없으리니 내가 모세와 같이 있던 것같이 너와 함께 있을 것임이라" 하시며 보증을 써 주시고 확신을 심어 주신다.

이 말씀을 진웅이에게 적용하면,

"진웅이는 이제 확실한 곳에 서서 하나님께서 주실 진웅이가 소망하는 의·치대를 향하여 가라. 그러면 네가 공부한 모든 것을 알게 해 주겠고 네게 합격의 영광을 주리라. 그리고 그렇게 확신을 가지고 하면 너를 당할 자가 없게 해 주겠다. 그리고 나 여호와가 네 곁을 떠나지 않을 것이고 결단코 버리지 않을 것이다." 이런 내용의 전개가 아닐까?

아버진 국내나 해외에 영업을 하러 갈 때 특히 처음 가는 업체이 거나 우리 회사에 대해서 부정적인 태도를 견지하는 업체에 갈 때 는 항상 데일리 노트의 첫 페이지에 적힌 여호수아 1장 9절 말씀 을 한번 읽고 들어간다.

"마음을 강하게 하고 담대히 하라 두려워 말며 놀라지 말라 네 가 어디로 가든지 네 하나님 나 여호와가 함께하느니라"란 이 말씀 을.

그러면 어떨 땐 없던 용기도 생겨난다.

"네가 어디로 가든지 네 하나님 나 여호와가 함께하느니라"란 이 말씀이 특히 용기를 주더라.

내가 어디로 가든지 내 뒤에는 내 하나님 여호와가 받치고 있는 데 뭐 이까짓 것에 기가 눌릴 내가 아니다. 이런 배짱이랄까 용기 가 생기더란 말이지.

최진웅!

말씀대로 마음을 강하게 하고 담대히 해야 한다.

조급해하지 말고 사소한 것에 얽매이지 말고 과감하고 결단있게 행동해야 한다.

바쁠수록 돌아가란 말이 있잖아!

수능이 앞으로 석달이 채 남지 않았으니 촉박하고 다급한 시간 이라고 마음만 조급해 하고 초조해하는 그런 우愚를 범해서는 절 대 안 된다.

진웅이 뒤에는 여호와 하나님이 계시니까 언제나 그분이 진웅이 뒷배가 되어 주시고 늘 함께하시니까 믿어 의심치 않으면 반드시 이루어 질 것이다.

"믿음은 바라는 것들의 실상이라"라고 했다.

또 "믿는 자에겐 능치 못함이 없다"라고 했고.

내 아들! 최진웅!!

힘내고! 확실한 곳에 거하는 내 아들이 되어 주길 바란다.

아자 아자! 최진웅! 파이팅!

2019년 8월 19일

대구에서 아버지가

스물네 번째 편지

최진웅!

처서가 지난 지 3일밖에 되지 않았는데 이젠 밤에 에어컨을 켜지 않고 자도 충분할 만큼 날씨가 선선해진 것 같다.

그러니 시간의 흐름에 그 뜨겁던 여름도 변하는 절기에 따라 별수 없이 꺾여지는 게야.

아버진 28일 29일 양일간 다시 일본 출장을 간다.

정치가 경제를 가만두지 않으려고 하네.

아직은 여러 가지 측면에서 일본과 싸우기에는 무리인데? 왜 무리수를 두면서 저렇게 집착을 하는지 알 수가 없다. 적을 이길려면 적을 속속들이 알고 앞뒤를 계산하고 그에 대한 대책을 충분히 마련한 뒤에 결단을 내리고 수를 써야 하는데.

손자병법에도 "지피지기知彼知己면 백전불패百戰不敗"라고 하여 자기를 아는 것보다 상대방 즉 적을 아는 게 우선이라서 '지기'보다 '지피'를 먼저 쓴 것인데, 정치하는 사람들이 자기 잇속에 미쳐서 사리분별력을 상실했나 보다.

그러거나 말거나 아버진 아버지가 할 일 즉 아버지 회사의 미래를 위해 열심히 일본 고객사들과의 관계를 돈독하게 하기 위해서 최선을 다하고 그들이 가지고 있는 기술 하나라도 배워와서 회사에 접목을 하기에 온 정성을 다할 뿐이다.

최진웅!

성경 히브리서 6장 11절에서 15절을 보면 "우리가 간절히 원하는 것은 너희 각 사람이 동일한 부지런함을 나타내어 끝까지 소망의 풍성함에 이르러 게으르지 아니하고 믿음과 오래 참음으로 말미암아 약속들을 기업으로 받는 자들을 본받는 자 되게 하려는 것이라 하나님이 아브라함에게 약속하실 때에 가리켜 맹세할 자가 자기보다 더 큰 이가 없으므로 자기를 가리켜 맹세하여 이르시되 내가 반드시 너에게 복 주고 복 주며 너를 번성하게 하고 번성하게 하리라 하셨더니 그가 이같이 오래 참아 약속을 받았느니라"라고 적혀 있다.

말씀에 의거하면 약속을 기업으로 받은 자들의 공통점은 '동일한 부지런함을 나타내어 끝까지 소망의 풍성함에 이르러 게으르지 아니하고 믿음과 오래 참음으로 말미암아'라고 되어 있다.

성경 말씀이 좀 어렵게 적혀 있다만 이는 '동일한 마음으로 끝까지 소망의 풍성함을 바라고 게으르지 아니하고 믿음과 오래 참음으로 말미암아'로 해석하면 쉽게 이해를 할 수 있을 것이다.

이에 대한 대표적인 사람이 아브라함으로 그는 하나님께서 "내가 반드시 너에게 복 주고 복 주며 너를 번성하게 하고 번성하게 하리라"고 하셨다는 말씀이다.

이를 요약하면 약속을 기업으로 받은 자들은 소망의 풍성함을 가지고(알고) 게으르지 않고 믿음과 오래 참음으로 약속을 받았다는 이야기다.

성경에 보면 이러한 사람들이 많이 기록되어 있다.

아브라함의 아들인 이삭은 우물 뺏기는 데는 선수였다.

우물을 팠다하면 블레셋족이 와서 뺏어가고 또 옮겨서 파면 또 다른 블레셋족이 와서 뺏어 가고 매번 뺏기기만 하는데 그러나 성경 책에는 "그 땅에서 농사하여 그 해에 백배나 얻었고 여호와께서 복을 주시므로 그 사람이 장대하고 왕성하여 마침내 거부가 되어"라고 적고 있다.

그리고 출애굽을 주도한 모세는 바로의 유대인 인구 증대를 막겠다는 의지에 의하여 나일강에 버려졌으나 애굽의 공주의 눈에 띠어 구사일생으로 살아난다.

그 후 애굽의 왕자로 잘 크다가 사람을 죽여서 미디안 광야로 도망을 가서 40년을 양치는 목자로 생활한다. 그러다 어느날 호렙산에 이르러 하나님의 부르심을 받고 애굽으로 돌아가 그 위대하고 엄청난 이스라엘의 출애굽을 만들어 낸다.

그리고 또 여호수아는 모세의 시종으로 40년을 수발하다가 가나안 땅을 앞에 두고 모세가 죽자 실망에 젖은 이스라엘 민족을 이끌고 가나안 땅을 정복해 이스라엘 민족이 꿈에도 그리던 하나님께서 아브라함에게 네 후손들에게 주마 하고 약속하신 그 땅을 안겨주는 대역사를 만들어 낸다. 이뿐만 아니다. 아론은 모세의 형이지만 모세의 말이 어둔한지라 모세의 말을 애굽의 바로나 이스라엘 민족에게 잘 전달하는 매개체가 되어 중간 역을 한다. 출애굽 내내 친동생인 모세를 상전처럼 모시며 모세로부터 때론 핀잔을 듣기도 하지만 다 견뎌내고 이스라엘 민족이 출애굽을 하는 데 있어서 큰 역할을 하며 종국에는 아론의 후손들이 영원히 이스라엘 민족의 제사장 직분을 수행하는 영광을 얻게 된다. 즉 출애굽의 지휘는 같은 레위지파인 동생 모세가 하지만 그 후세대의 제사장은 모세의 후손이 아닌 모세를 보좌하고 수행한 아론의 후손들이 맡게 되는 것이다.

이처럼 성경에는 당 시대의 상황에서 모든 인물들을 보면 항상 한결같은 동일한 마음으로 믿음을 가지고 오래 참음으로 소망을 성취해 갔음을 알 수가 있다.

소망의 이룸이 어떤 사람은 거부巨富로 어떤 사람은 출애굽으로 어떤 사람은 가나안 정복으로 또 어떤 사람은 후손에 대한 축복으로 나타나지만 그 소망의 성취가 여호와 하나님의 축복 가운데 이루어졌음은 말할 것도 없을 것이다.

최진웅!

그래서 아버진 오늘도 내 아들 진웅이도 게으르지 아니하고 믿음과 오래 참음으로 끝내는 소망의 풍성함을 약속받는 사람이 되기를 소원한다.

보고 싶다. 내 아들!

2019년 8월 26일
대구에서 아버지가

스물다섯 번째 편지

최진웅!

일주일에 한 번씩 네게 편지를 쓰면 안 되겠나 하고 시작한 편지가 벌써 스물다섯 번째구나.

1년이 보통 52주 또는 53주인데 아버지 출장으로 또 네가 집으로 휴가차 나오는 바람에 편지를 못 쓴 시간 등을 고려하면 벌써 반년 이상의 상당한 시간이 흘러갔다는 것이다.

그러니까 네가 집을 떠나 기숙 학원으로 간 지가 벌써 7~8개월을 넘겼다는 것이지.

어쩌면 군 생활 같은 삶을 거기 기숙 학원에서 경험하고 있는지도 모른다.

그러나 군 생활과 확연히 틀리는 것은 기숙 학원에는 진웅이가 진웅이의 목적하는 바 목표를 달성하기 위해 통제된 생활을 하는 것이고, 군 생활은 대한민국에서 남자로 태어났기에 어쩔 수 없이 해야 하는 의무인 것이라 시작하는 데부터 의미가 크게 다르다.

그러니 네가 기숙 학원에 간 이유를 알고 목표를 달성하려면 어떻게 해야 하는지는 네가 제일 잘 알 것이다.

최진웅!

아버지는 성경학자도 아니고 또 목회자도 아니지만 지금까지 아버지가 모태신앙인으로써 느낀 전체 성경 말씀의 구성 즉 전체 줄거리를 보면 맨 먼저 창세시대가 있고 그다음은 아브라함으로 시작하는 족장시대가 나오고 그다음은 요셉 이후의 애굽시대(약 400년)가 있고 이후 모세로 인해 출애굽의 시대가 있으며 모세가 죽고 난 뒤 여호수아에 의한 가나안 정복이 있었으며 여호수아가 죽자 여호수아같은 강력한 영적인 지도자가 나타나지 않아 각 시기의 위기에 적합한 지도자 즉 사사가 이끌어 가는 사사시대(약 350년)가 열려진다. 그러다 사무엘이 사사를 할 때 이스라엘 민족이 하나의 통합된 왕조를 원하여 사무엘이 사울에게 기름을 부어 이스라엘의 첫왕을 만들고 사울이 하나님의 뜻에 부합되지 않게 행동함에 따라 그 사위인 다윗왕을 세워 이스라엘은 최고의 영광의 시대란 다윗왕조를 가지게 된다. 그러나 지혜의 왕이란 말을 듣던 솔로몬왕의 결혼정책에 의해 이방의 잡신이 이스라엘에 들어오게 되고 솔로몬왕이 많은 국가 공사를 해서 그에 소요되는 자금을 백성에게 많이 부과하는 바람에 솔로몬 사후에 이스라엘은 남유다와 북이스라엘이라는 두 왕조로 나뉘게 된다.

북이스라엘은 사마리아를 수도로 삼아, 이스라엘 열 개 지파가 모여 처음에는 번성하였으나 점차 하나님을 잊어가게 됨에 따라 150년 후 앗시리아에 패망하게 되고 앗시리아의 혼혈 정책에 휩쓸려 이스라엘 민족의 순수성을 잃게 되는데 이로 인하여 남유다의 유다지파와 베냐민지파에게 더러운 사마리아인 이라고 멸시를 당하게 된다.

한편 남유다는 앗수르왕 산헤립이 18만 명이 넘는 군사로 처들어 와 곧 망할 것 같았으나 하나님의 역사하심으로 하루밤에 18만 4,000명을 잃고 패주하는 바람에 살아남게 되고 당시의 신흥제국이었던 바벨론에 망하기까지 약 300년을 이어간다.

그러니까 북이스라엘이 망하고 약 150년을 더 왕조시대를 이어간 셈이고 왕조시대는 사울왕부터 계산하면 약 400년을 이어 간 셈이다.

그리고 왕조가 망하자 약 70년에 걸친 바벨론의 포로 생활을 거치고 즉 1차 디아스포라를 겪고 페르시아의 키루스대제 때(성경엔 바사와 고레스로 기록되어 있다) 다시 예루살렘으로 귀환하는 시기를 마지막으로 구약성경은 마무리가 된다.

그리고 신·구약 중간시대가 약 400년이 있다.

이 중간시대에 로마에 의한 2차 디아스포라가 있었고 이로 인해 이스라엘 민족은 온 유럽에 흩어져 유리방랑하는 삶을 살았으며 특히 유대인들은 예수님을 십자가에 못 박아 죽인 죄로 유럽 사람들에겐 갖은 멸시와 천대를 받게 되고 기어이 2차 세계대전에서는 히틀러에 의해 600만이라는 유대인이 학살을 당하는 참화를 겪게 된다.

성경의 전 66권의 구성을 보면 구약 39권 신약 27권으로 이루어져 있는데 구약은 모세 5경 즉 율법서 5권과 여호수아부터 시작해서 역대상하에 이르기까지와 에스라, 에스더, 느헤미야까지 역사서 12권 그리고 욥기와 시편 잠언과 같은 시가서 6권 또 이사야, 예레미야, 에스겔과 같은 대 예언서 4권과 호세아부터 말라기에 이르는 소 예언서 12권으로 총 39권으로 되어 있다(단, 예레미야 애가는 학자의 시각에 따라 시가서로 보기도 하고 어떤 예언서로 보기도 한다, 아버진 예레미야 선지가 요시야왕이 죽고 난 뒤 나라 잃을 설움을 애처로이 부른 노래이기에 시가가 맞다고 보고 시가로 봤다).

그리고 신약은 마태로 시작하는 4복음서 4권 그리고 사도의 행적을 적은 역사서인 사도행전 1권 그다음은 로마서를 필두로 한 바울 사도가 전한 서신서 14권 또 베드로, 야고보, 요한 등의 사도가 쓴 공동 서신서 7권 그리고 요한계시록 1권을 더하여 27권이다.

신약이 쓰여진 시기는 대체로 기원후AC 50~70년 사이라고 한다.

그리고 집대성이 된 시기는 기원후 100년경이라고 학자들은 다들 추정한다고 한다.

최진웅!

그 두꺼운 성경도 시대별로 또 짜여진 내용별로 구분해서 분류하면 그렇게 난해하지 않다.

진웅이가 공부하는 수능도 일부 유사하지 않을까?

크게 대분류를 하고 또 대분류를 중분류로 나누고 그 나눈 중분류를 다시 소분류로 나누어서 상세한 내부를 훑어 간다면 좀더 접근하기 용이한 방법을 찾을 수 있지 않을까?

그리고 어려운 예언서는 두 번, 세 번, 많게는 다섯 번 이상을 반복해서 보고 말씀을 납득하였듯이 어려운 부분은 반복에 반복을 거듭하는 방법으로 풀어 나가면 반드시 해답과 정답이 옆에 있지 않을까?

아버지가 공부하던 때와 지금은, 대학 입시 방법부터 내용에 이르기까지 전혀 다르니 아버지가 이러쿵저러쿵할 상황은 아니다만 접근하는 방법과 전개해 나가는 방법은 충고할 수 있지 않을까 하는 마음에서 참견을 해 본다.

어느덧 9월이다.

지난번에 말했다만 조급해하지 말고 차분히 평정심을 잃지 말아야 한다.

예레미야 29장을 보면 "나 여호와가 말하노라 너희를 향한 나의 생각은 내가 아나니 재앙이 아니라 곧 평안이요 너희 장래에 소망을 주려하는 생각이라 너희는 내게 부르짖으며 와서 내게 기도하면 내가 너희를 들을 것이요 너희가 전심으로 나를 찾고 찾으면 만나리라"라고 하셨다.

분명히 "평안과 장래에 소망을 주려하는 생각"이라고 하셨으니 최선을 다하고 인내에 인내를 더하고 노력에 노력을 더하면 반드시 이루어질 것이다.

"찾고 찾으면 만나리라" 약속하신 말씀 믿고 굳세게 나아가는 새로운 한 달이 될 수 있도록 하자!

자! 내일이 9평이네. 9평! 내가 너를 기어이 정복하리란 마음으로 정복하고 말자!

2019년 9월 3일
대구에서 아버지가

스물여섯 번째 편지

☾

최진웅!

'가을 장마라고 비가 좀 많이 올 것 같다고 하였지만 설마 토요일까지야 비가 오겠어?' 하고 토요일에 벌초를 하러 가자고 부산의 큰아버지와 네 오촌 당숙들에게 연락을 해 놨는데 태풍 링링이 하필이면 토요일에 한반도에 상륙한다고 하니 벌초를 어찌할까 고민이다.

추석 연휴 후에 하자니 꼭 때 놓친 꼴인 것 같고.

아버지가 다음 주 월요일부터 수요일까지 다시 일본으로 출장을 가게 되어서 다음 주에는 편지를 네게 못 보낼 것 같아서 오늘 편지를 보낸다.

최진웅!

9평에서 수학 시험을 잘 못 쳤다고 네가 낙심하더란 얘길 네 엄마에게서 전해 들었다.

9평은 말 그대로 평가 시험이다.

잘 쳤으면 좋겠지만 못 쳤다고 낙담하고 실망할 필요는 없다. 평가 시험을 못 쳤으면 부족한 부분을 보완하고 보충하여 본本 시험을 잘치면 그만이다.

수능까진 아직 두 달 넘는 시간이 남았으니까 얼마든지 커버하고 남을 충분한 시간이 있다.

조급해 하지 말고 또 일희일비一喜一悲하지 마라.

네 최종 목표는 수능이란 사실을 절대 잊으면 안 된다.

그때까진 냉정함을 잃지 않고 평정심을 유지할 수 있도록 마음가짐을 단디(단단히) 해야 한다.

의기소침해하지 말고 의기양양해야 한다.

그래야 없는 힘도 생기는 법이다.

요한복음 11장에 "사람이 낮에 다니면 이 세상의 빛을 보므로 실족하지 아니하고 밤에 다니면 빛이 그 사람 안에 없는 고로 실족하느니라"라고 되어 있다.

스스로를 자책하지 말고 위안하면서 내면에서부터 극복할 수 있는 힘을 길러야 한다.

모든 것은 스스로의 마음가짐에서 나온다.

아버진 아버지의 아들이 빛이 있는 낮에 다니는 현명한 사람이길 바란다.

마음에 어둠을 담지 마라.

항상 자신감과 꿈과 희망을 가슴에 담아라.

그래야 내 아들 최진웅이다.

추석 연휴 때 보자.

2019년 9월 6일

대구에서 아버지가

스물일곱 번째 편지

최진웅!

추석 연휴 때 9평으로 흔들렸던 네 마음이 조금은 새롭게 다잡아졌으면 하는 마음으로 널 지켜보았다. 추석 명절이라 부산이다 청도다 네 외가다 바쁘게 돌아다니고 토요일 군위 농장에 풀을 베러 다녀오고 하였지만 온통 아버지의 마음은 '네가 마음을 잘 추스르고 있을까?'에 온 신경이 다 가 있었던 것이 사실이었다.

아마 그게 애비된 자의 마음인가 보다.

최진웅!

"소극침주小隙沈舟"란 고사성어가 있다.

작은 틈이 배를 침몰시킨다는 말인데, 중국 주나라 관령 윤희란 사람이 쓴 『관윤자』에 나오는 말로 전체 원문은 "물경소사勿輕小事 소극심주小隙沈舟 물경소물勿輕小物 소충독신小蟲毒身 물경소인勿輕小人 소인적국小人賊國 능주소사能周小事 연후능성대사然後能

成大事"다.

무슨 말이냐 하면 "작은 일을 가볍게 생각하지 마라. 작은 틈이 배를 침몰시키고 작은 벌레의 독이 몸을 죽인다. 소인이라고 가볍게 여기지 마라. 소인이 나라를 뒤집는 반란을 일으킨다. 작은 일을 주변에서 능하게 하는 사람이 연후에 큰일을 할 수가 있고 소인을 선하게 하는 사람이 연후에 큰일을 계약할 수 있는 것이다."란 뜻이다.

그러니 최진웅.

이 정도야, 이 정도의 시간이야, 오늘은 쉬지 뭐, 이러는 자투리 시간을 아끼고 사용할 줄 알아야 많은 시간을 효과적으로 사용할 줄 알고, 푼돈을 모을 줄 알아야 큰돈도 계획 있게 쓸 수 있는 방법을 안다.

지금 진웅이의 1분 1초. 그리고 단 한 가닥의 정신도 모아서 수능이란 곳에 집중을 해야 된다.

엉뚱한 생각으로 단 1초의 시간이나 한 줌의 정신도 허비하거나 흐트려서는 안 된다.

정신 바짝 차리고 집중에 집중을 더하여 몰입의 경지에 이르도록 하자.

단 한순간의 흔들림도 없이.

최진웅!

이젠 긴장해야 할 시기이다.

바짝 힘을 내야 하는 시기이기도 하고.

2019년 9월 17일

대구에서 아버지가

스물여덟 번째 편지

최진웅!

태풍 타파로 인해 신천에 물이 가득 찼다.

군위 농장에 아직 못 벤 풀을 베러 가려 했는데 못 가고 태풍으로 불어난 강물 구경이나 하려고 하중도에 갔더니 그마저 통제가 되어 못 보고 매천시장에 가서 무침회와 고등어만 사가지고 집으로 돌아왔다.

시간당 강수량은 그렇게 많지 않았는데 이틀 동안 줄기차게 비가 오니까 좀처럼 불지 않던 신천도 강물이 꽉차서 흐르고 금호강은 강 언저리의 나무가 허리 이상이 잠긴 채 숨을 껄덕이면서 버티고 있었다. 가랑비 옷 젖는다고 '꾸준히 내리는 비가 무서운 법이다'란 사실을 다시 한번 되새기게 해 주는 광경이다.

공부도 이와 같은 법이다.

꾸준히 하면 나도 모르는 사이에 실력이 올라가 있고 그게 계속되면 어느 지점을 지나고 나면 차고 넘치게 되는 것이다.

최진웅!

하나님께서 우리 인간을 만드시고 맨 처음 주신 축복이 뭔지 아나?

창세기 1장을 보면 "하나님이 자기 형상 곧 하나님의 형상대로 사람을 창조하시되 남자와 여자를 창조하시고 하나님이 그들에게 복을 주시며 그들에게 이르시되 생육하고 번성하여 땅에 충만하라 땅을 정복하라 바다의 고기와 공중의 새와 땅의 움직이는 모든 생물을 다스리라 하시니라"라고 적고 있다.

하나님께서는 우리 인간에게 "생육하고 번성할" 두 가지 축복과 더불어 "땅에 충만하"게 하고 축복해 주시고 계신다. 게다가 더하여 "땅을 정복하라"라고 하시며 "바다의 고기와 공중의 새와 땅의 움직이는 모든 생물을 다스리라"라고 축복해 주신다.

이처럼 하나님께서는 생육하고 번성하여 충만하며 땅을 정복하고 다스리란 축복 즉 지상 명령을 우리에게 주신 것이다.

그러려면 그 조건은 어떨까?

먼저 생육하고 번성하여 충만하려면 무엇보다도 건강해야 할 것이다.

영靈적으로든 육肉적으로든 건강해야 생육하고 번성하며 땅에 충만할 수 있을 것이다.

다음으로 땅을 정복하려면 강한 용기를 기반으로 힘이 있어야 할 것이다.

아무런 용기와 힘이 없으면 땅을 정복하기도 전에 지레 겁을 먹거나 좌절하여 앞으로 나아가지 못할 것이기 때문이다.

마지막으로 모든 생물을 다스리려면 인내와 끈기를 기초로 한 능력이 있어야 할 것이다.

다스리고자 하는 상대에 대해서 아무것도 모르고 막무가내로 덤비다간 다스리기도 전에 독에 당하거나 무리에 휩쓸려 처참히 짓밟힘을 당할 수도 있고 그보다 더 처참한 몰골을 당할 수도 있을 것이다.

그러니 하나님께서 우리에게 주신 축복에는 우리가 갖추어야 할 조건이 내재되어 있는 것이다.

최진웅!

진웅이의 꿈을 이루기 위해서 열심히 하고 있는 공부도 마찬가지 아닐까?

먼저 건강해야 하고 두 번째로 강한 용기와 힘이 필요하고 마지막으로 은근과 끈기 그리고 인내로 점철된 능력이 갖춰져야 수능에서 자신 있게 시험을 치르고 소기의 목표를 달성할 수 있는 것 그게 공부 아닐까?

축복을 받으려면 세 가지의 조건이 필요하듯이 진웅이도 수능을 잘 보려면 마지막까지 첫째 건강.

둘째 용기와 힘. 셋째 인내와 끈기를 베이스로 한 능력. 이 삼박자가 갖춰져야 한다.

아직도 시간은 충분하다.

차곡 차곡 쌓아서 반드시 목표를 이루는 내 아들 최진웅이기를 바란다.

최진웅!
건강하고 힘과 용기를 가지고 능력을 차곡 차곡 쌓아 나가자.
월요일인데 이번 한 주일도 파이팅하자!

2019년 9월 23일
대구에서 아버지가

스물아홉 번째 편지

최진웅!

다음 주 월요일부터 다시 일본 출장을 가기 때문에 네게 먼저 편지를 쓰고 갈려고 한다.

행여 매주 오던 편지가 오지 않아서 염려하거나 기다릴까 봐서.

그런데 네게 편지를 쓸려고 PC를 열다가 우연히 아버지가 2014년에 쓴 「내 인생에서 감사하는 것 100가지」가 눈에 띄어 내용을 보니 '알고 보니 참 많은 일들이 있었고 그 와중에 감사할 일도 참 많구나'란 생각이 들었다.

아버지가 태어난 때부터 2014년까지 감사한 일들을 쭉 적어 놨던데 참 많은 일들이 아버지를 스쳐 지나갔음을 알 수 있었다.

그중에 아버지 개인적인 일도 있었고 또 우리 집의 여러 가지 상황의 변화에 따른 내용도 있었고 지금 아버지 회사에 대한 내용도 있었다.

그리고 어렵고 힘들고 괴로웠던 그 당시를 생각해 보니 막상 당하고 헤쳐 나가던 그 시기는 무척 어려웠고 힘들고 너무 괴로워서 미칠 것만 같았고 '내게 왜 이런 시련이 오고 내가 왜 이런 시련을 겪어야 되나?'고 수없이 반문하기도 했으며, 그 시련을 던져 버리려고 몸서리치게 발버둥도 쳤었던 기억이 생생하다만 다 지나고 나니 그게 아버지를 단련시키기 위한 수련의 과정이었고 연단의 과정이었음을 새삼 느끼게 해 주더구나.

그래서 감사하단 말로 마무리를 할 수가 있었던 게 아닌가 싶기도 했다.

최진웅!

지금의 힘들고 어렵고 괴로움을 피해서 가면 안 된다.

언젠가는 넘어야 할 시련이고 난관이라면 그냥 뚫고 지나가야 한다.

어렵다고 힘들다고 괴롭다고 한번 피해서 가면 다음엔 더 쉽게 포기하게 되고 그 뒤엔 참담한 좌절의 아픔만이 두고두고 남게 된다.

시련과 난관을 뚫고 지나가서 소기의 목표와 목적을 달성하면 그에 따르는 희열과 자부심과 성취감. 그리고, 어떤 말로도 표현할 수 없는 짜릿함과 쾌감을 만끽할 수 있다.

아버지는 한 두세 번 그런 기분을 느낀 경험이 있다.

첫 번째는 공고를 졸업한 아버지를 보고 동급생 거의 모두가 안 된다고 했던 한양대에 편입학 시험에 합격했을 때 한 번 느껴 봤었고, 두 번째는 군대 갔다 와서 한양대에 복학한 후 네 큰아버지의 부담을 덜어 드리고 싶은 마음에, 학과에서 두 명밖에 안 주는 성적 장학금을 받아 낼 거라고 목표를 정하고 죽도록 공부하여(그땐 하루 네 시간 이상 자 본 적이 없다.) 졸업할 때까지 매 학기마다 네 큰아버지께서 성적 장학금 통지서를 받게 해 드렸을 때(아버지는 아직도 네 큰아버지께서 장학금 통지서를 받으시고 기뻐하시던 모습이 눈에 선하다.) 그리고 세 번째는 네 외가에서 했던 ㈜고려인삼이 부도나고 아버지 혼자 구미에서 골방을 얻어 놓고 낮에는 회사를 다니고 밤에는 공부하는 주경야독으로 3년 만에 겨우 기술사 시험을 통과했을 때 또 그러한 쾌감을 느껴 봤었다.

최진웅!

어떤 사람이건 그걸 알게 되면 무슨 일을 하더라도 일단 자신감을 가지고 당당하게 일을 대하게 된다. 한 발을 걸치고 엉거주춤 대응하는 게 아니고 온몸을 부딪혀서 치고 나가려는 의욕이 활활 타오르게 되는 것이다.

그러니 시작부터 일을 대하는 방법이 적극적이 되게 되고 긍정적인 사고로 임하게 되므로 결과가 차이가 날 수밖에 없다.

아버지는 그러한 경험이 있었기에 현재 아버지가 근무하는 지금의 대명ENG에 와서도 일에 대해서는 피하지 않았고 적극적이고 주도적으로 업무에 임해서 연 매출 70억짜리 회사를 700억을 넘나들게 만들어 놨고 종업원도 40명이던 회사를 200명에 이르는 중소기업에서는 그래도 제법 건실한 회사로 성장을 시킬 수가 있었던 거야.

그러한 덕분에 비록 월급쟁이지만 대표이사/사장으로 근무를 하고 있는 거지.

최진웅!

진웅이도 이번 삼수의 기회에 그런 멋진 경험을 해 봤으면 좋겠다.

그러려면 매사에 자신감을 가지고 어떤 시련과 난관도 뚫고 지나간다는 용기가 있어야 한다.

그리고 지금의 이 고통과 난관을 즐겁게 즐기며 지나가야 한다.

힘들고 어렵고 괴롭다고 표현할 필요도 없다.

그것 또한 사치다 생각하게 굳세게 밀고 가면 된다.

'의지의 한국인! 의지의 최진웅!'이 되면 된다.

최진웅!

믿는 자에겐 능치 못한 일이 없다.

넌 내 아들이니까!

2019년 9월 28일

대구에서 아버지가

서른 번째 편지

최진웅!

올해는 유독 태풍이 한반도를 향하여 많이 오는구나.

가을비가 많은 것은 추수에 별 도움이 되지 않는데 자연 현상이니 무어라 할 수도 없고….

일본 출장은 잘 다녀왔는데 10월 9일부터 11일까지 다시 일본을 다녀와야 할 것 같다.

약 1년 반에 걸쳐서 영업을 해 둔 YAC-Tech라는 곳에서 나름 제법 큰 프로젝트를 수주했다고 기술 협의를 하자고 하니 기쁜 마음으로 갈 예정이다.

더불어 가는 김에 기존의 고객사인 캐논토키에도 들러 인사라도 하고 올 예정이고.

사람 관계란 그런 거다.

자주 같이 얼굴 보고, 밥 같이 먹고, 커피 한잔 같이 마시고, 또 남자들끼리는 술 한잔 같이 하고 그런 게 쌓여서 관계가 형성이 되고 인맥이 만들어진다.

무슨 대단한 계기가 기회가 되는 게 아니고 이러한 사소한 게 모여 모여서 기회가 만들어지고 그게 상호 신뢰가 되고 힘이 되는 것이다.

세상사 모든 것이 단번에 이루어지는 것은 잘 없다.

뭐든 긴 시간을 두고 정성을 들이고 최선을 다할 때 하나님께서도 우리 편에 서서 일을 하시는 거다.

최진웅!

성경의 역대상은 아담부터 이스라엘의 위대한 왕 다윗왕까지 계보와 다윗왕의 일대기를 주로 다룬 책이다. 그 뒤의 역대하는 솔로몬왕부터 해서 북이스라엘과 남유다로 통일왕국이 분열되는 과정과 분열 이후의 다윗왕의 직계인 남유다왕들의 행적을 위주로 적은 책이다.

오늘 아버지가 진웅이에게 해 줄 이야기는 여호사밧왕의 이야기로 역대하 19~20장에 나오는 이야기다. 솔로몬왕 이후의 남유다왕의 계보는 솔로몬의 아들인 르호보암 그리고 르호보암의 아들인 아비야 아비야의 아들인 아사 그리고 아사의 아들이 여호사밧이다.

그러니까 솔로몬왕의 고손자가 여호사밧왕이다.

성경을 보면 이스라엘이 북이스라엘과 남유다로 분열이 된 결정적인 이유는 지혜의 왕이라는 솔로몬왕으로 인해 유발되었다는 것을 알 수 있다.

솔로몬왕이 지혜로웠는지는 모르겠지만 처첩이 3,000명이라고 하니 그들이 묵을 궁을 짓느라 백성들에게 과도한 세금을 부과했으며 그 처첩들이 각자 자기 나라에서 믿던 이방 종교를 가지고 들어와 이스라엘 백성의 정신세계를 하나님으로부터 멀어지게 했으니 그게 분열의 단초가 된 것이다.

어쨌건 솔로몬왕 사후 르호보암과 아비야는 이방 종교를 근절하지 않고 하나님께 회귀 또한 하지 않았다. 그러나 아사왕은 집권 초기에 하나님께로 회귀했으며 구스 사람 세라가 100만의 군사를 이끌고 남유다를 치러 왔을 때 아사왕이 "강한 자와 약한 자의 사이에는 주 여호와밖에 도와줄 이가 없다"라고 기도하고 싸움에 임했는데 성경엔 살아남은 구스 사람이 한명도 없다고 하였다.

아사왕이 어느 정도 철저하였는지를 보면 아사왕의 모친이 아세라 목상을 만들었다고 태후의 위를 폐해 버린다.

그 정도로 하나님께로 돌아왔지만 말년에 북이스라엘이 남유다를 쳐들어왔을 때 하나님께 기도하지 않고 북이스라엘 위에 있는 아람(후에 앗시리아가 된다)에 구원 요청을 해서 아람이 북이스라엘 후방을 쳐서 물러가게 한다.

사람의 관점에서 보면 외교적인 승리가 되겠지만 하나님의 관점에서 보면 하나님께 기도하지 않고 인간적인 방법으로 풀려한 것이 하나님이 보시기에 좋지 아니하여 선지자 하나니를 보내 "여호와의 눈은 온 땅을 두루 감찰하사 전심으로 자기에게 향하는 자를 위하여 능력을 베푸시나니" 하고 책망을 하게 된다. 그러자 선지자를 옥에 가두고 아사왕은 병이 들어 죽게 된다.

그 후에 왕이 되는 자가 아사왕의 아들인 여호사밧왕인데 그는 처음부터 하나님과 함께하여 성경에 "저가 그 조상 다윗의 처음 길로 행하여"라고 되어 있다. 그러한 그가 북이스라엘의 아합왕과 혼인관계로 연결이 되어 사마리아를 방문하였는데 이때 아합왕이 길르앗 라못(아람 땅이다)을 치기를 종용한다.

그러자 여호사밧왕이 아합왕에게 선지자에게 물어보자 하니 아합왕이 선지자 400인을 모으고 물어보니 길르앗 라못으로 가라고 한다. 그러나 여호사밧왕은 못 미더웠던지 다른 선지자를 불러 물어보자고 하여 이믈라의 아들 미가야선지자에게 물으니 아합왕이 길르앗 라못에서 죽는다고 했다.

그러나 거짓 선지자 시드기야가 아합왕을 꾀므로 북이스라엘의 아합왕과 여호사밧왕이 길르앗 라못으로 올라가되, 여호사밧왕이 북이스라엘 왕의 옷과 병차를 몰고 아합왕은 변장을 하여 아람군과 싸우는데, 아람군이 여호사밧왕을 보고 덤벼드는 것을 보고 여호사밧왕이 소리를 지르니 여호와께서 저를 도와 아람군을 감동시켜 떠나가게 하여 무사히 예루살렘으로 돌아가게 만드나, 아합왕은 길르앗 라못에서 아람군과 싸우다 죽고 만다.

무사히 예루살렘으로 돌아온 여호사밧왕은 남유다의 여러 성읍을 순행하며 그 백성을 그 열조列祖의 하나님 여호와께로 돌아오게 한다.

그리고 그 후에 남유다에 모압자손과 암몬자손이 몇몇 마온사람과 함께 쳐들어오니 누가 이르기를 바다 저편 아람에서 왕을 치러 오는데 그 사람들이 엔게디에 있다고 한다.

그러자 여호사밧왕은 두려워하며 여호와 하나님께 간구하고 백성들에게 금식하라고 공포하니, 남유다의 모든 성읍의 사람들도 여호와께 나와서 "우리를 치러 오는 이 큰 무리를 우리가 대적할 능력이 없고 어떻게 하여야 할지 알지 못하겠고 오직 여호와 하나님만 바라보나이다"라고 간구하였다.

그러자 여호와께서 스가랴의 아들 야하시엘에게 임하여 말씀하시기를 "온 유다와 예루살렘의 거민과 여호사밧왕이여 들을지어다 여호와께서 너희에게 말씀하시기를 이 큰 무리로 인하여 두려워하거나 놀라지 말라 이 전쟁이 너희에게 속한 것이 아니요 하나님께 속한 것이니라 내일 너희는 마주 내려가라 저희가 시스 고개로 말미암아 올라오리니 너희가 골짜기 어귀 여루엘 들 앞에서 만나려니와 이 전쟁에는 너희가 싸울 것이 없나니 항오行伍를 이루고 서서 너희와 함께 한 여호와가 구원하는 것을 보라 유다와 예루살렘아 너희는 두려워하거나 놀라지 말고 내일 저희를 마주 나가라 여호와가 너희와 함께 하리라 하셨느니라" 하매 여호사밧왕이 몸을 굽혀 얼굴을 땅에 대니 온 유다와 예루살렘 거민들도 여호와 앞에 엎드려 경배하고 큰 소리로 하나님 여호와를 찬송했다.

이에 여호사밧왕이 백성들에게 "너희 하나님 여호와를 신뢰하라 그리하면 견고하리라 그 선지자를 신뢰하라 그리하면 형통하리라" 하고 찬송하고 나아가니 그때에 여호와의 복병이 암몬자손과 모압

자손 그리고 세일산 거민들이 서로 쳐서 진멸케 하였다고 한다.

그때 적군들로부터 거두어들인 물건이 얼마나 많았는지 3일간 취하였는데 가져갈 수 없을만큼 많았다고 적고 있으며 그에 감사하여 제 4일에 여호와를 송축하였다고 성경에 적고 있다.

최진웅!

앞에 적은 여호사밧왕의 일을 보자.

여호사밧와의 행적이 여호와 하나님을 경외하며 함께하여 "저가 그 조상 다윗의 처음 길로 행하여"라고 적을 만큼 평소에 각별했다는 이야기다. 그러니 길르앗 라못에서 아람군대들이 달려들 때에도 고함 한 번으로 적들이 물러나게 해 주시었고 또 암몬자손과 모압자손들이 힘을 합치고 게다가 마온 족속들의 일부가 거드는 3국 연맹의 공격에서도 여호사밧왕이 기도로 간구하고 온 유다 백성이 힘을 합쳐 간구하니 하나님께서 말씀하시기를 "이 전쟁이 너희에게 속한 것이 아니요 하나님께 속한 것이니라" 하시고 "이 전쟁에는 너희가 싸울 것이 없나니 항오를 이루고 서서 너희와 함께 한 여호와가 구원하는 것을 보라"라고 하신다.

그러니까 "너희는 아무것도 하지 말고 그냥 줄 맞춰 서서 여호와가 구원하는 것을 보기만 해라"라는 것이다. 지금 당장 적은 코앞에 와 있는데 어떻게 이렇게 할 수 있을까?

이는 평소 남유다의 백성들과 여호사밧왕이 하나님 여호와를 경외하고 함께 하고져 하는 마음이 컸고 여호와 하나님께서도 이를 잘 아시기에 가능한 일이다.

평소의 수고와 노력 그리고 그에 따른 인내를 알기에 대적이 왔을 때에 그간의 것들을 보고 '지금까지의 모든 것을 아는 내가 이제 책임을 져 주마' 하는 표시인 것이다.

공부도 마찬가지 아닐까?

평소 열심히 수고와 노력 그리고 끊임없이 요구하는 인내 그리고 은근과 끈기…

이러한 것들이 점철되어 한곳에 모였을 때 마지막은 하나님께 맡기는 것이지.

"아버지시여! 저는 최선을 다한다고 했습니다. 이젠 내 주! 여호와 하나님께 모든 걸 맡깁니다."라고.

그러니 그 말을 할 수 있을 때까지 우리가 해야 할 일은 "여호와의 눈은 온 땅을 두루 감찰하사 전심으로 자기에게 향하는 자를 위하여 능력을 베푸시나니"라는 이 말씀을 경계로 삼아 열심히 진짜 열심히 가진 모든 것을 바쳐 노력하는 것이다.

최진웅!
이번 한 주도 열정을 다하여 전심전력을 다할 수 있도록 하자!
하여 이번 수능은 하나님께서 주관하시도록 하자.
자! 자! 파이팅!

2019년 10월 7일
대구에서 아버지가

서른한 번째 편지

C:

최진웅!

일정도 그러하였지만 대형 태풍인 하기비스가 일본 열도, 그것도 출장지인 동경을 향하여 직격으로 오고 있다고 하여 부랴부랴 귀국을 했다.

14억에 상당하는 금액의 PJT를 수주를 해 가지고 왔다만은 알루미늄을 가공하는 일이라 경험이 부족하여 생각보다 풀어나갈 방법이 잘 보이질 않는구나.

조사해 보고 금주말에 다시 일본에 들어가서 일부 불가능한 아이템은 반납을 해야 할 것 같다.

최진웅!

중국 속담에 "가목수이번음佳木秀而繁陰"이란 말이 있다. 구양수歐陽脩의 「취옹정기醉翁亭記」란 시에도 나온다.

우리말로 하면 "아름다운 나무는 그늘도 짙다."라는 말이다.

사람이 살아가면서 더운 여름에 다른 사람들에게 그늘을 만들어 주고 베풀어 줄줄 아는 사람이 되어야 한다.

아버지는 우리 진웅이가 그런 사람이 되길 바란다.

받기보다 줄줄 아는 사람이기를 바란다.

그러려면 나의 아픔은 내 속으로 삼키고 남의 고통을 즐겨 들어 줄 줄 아는 사람이 되어야 한다.

최진웅!

날씨가 제법 쌀쌀해진다.

항상 건강을 조심해야 한다. 행여 감기라도 걸리면 안 된다.

지금은 건강을 잘 지키는 것도 실력이다.

알았지!

2019년 10월 14일
대구에서 아버지가

서른두 번째 편지

☾

최진웅!

하기비스란 태풍이 쓸고 간 일본을 다녀왔다.

인간이 아무리 '만물의 영장'이라고 한들 자연의 힘 앞에선 어쩔 수가 없음을 여실히 보여 주더구나. 쓸고 간 지 일주일이 되었는데도 아직 고속도로가 회복이 되질 않아 버스도 아직 제대로 못 다니고 전철 또한 구간 구간마다 끊겨서 운행을 하는 곳도 있고 아직 운행을 못하는 곳도 있고 후지산 밑에 있는 후지요시다에 가는데 평소면 두 시간이면 충분한 거리를 빙 둘러서 여섯 시간 반 만에 겨우 다른 길로 해서 겨우 출장지에 가서 업무를 보고 왔다.

안전에 대해서는 세계 최고라고 자부하는 일본도 거센 태풍앞에선 대책이 없었던 모양이다.

하기사 이틀에 걸쳐 750~1,300밀리미터랑 물 폭탄을 갖다 부었으니 버틸 재간이 있나?

한국 같았으면 난리도 그런 난리가 없었을 거야.

어쨌건 어찌어찌해서 동경에서 후지산 밑에 있는 후지요시다까지 들러서 업무를 다 보고 귀국을 하였고 자연의 거대한 힘. 창조주 하나님의 위대한 능력을 다시 한번 느낀 것 같다.

최진웅!

이스라엘 민족은 아브라함이 하나님의 부르심을 받고 하란땅을 떠난 데서부터 역사가 시작된다.

아브라함부터 요셉에 이르는 족장시대를 거쳐 이집트(애굽)에서 한 민족을 이루는 인큐베이팅을 거쳐 모세의 손에 이끌려 출애굽을 하고 여호수아의 가나안 정복에 의해 현재의 이스라엘 땅에 정착을 하게 된다.

그러나 하나님께서 가나안 땅을 정복할 때는 그 땅의 거민들을 다 죽이거나 몰아내라 했는데, 그러지를 못하고 기브온 족속처럼 투항한 일부는 동맹으로 일부는 힘에 부쳐 다 몰아내지 못하고 불편한 동거처럼 지내게 되는데 이게 이스라엘 민족에게는 두고두고 족쇄가 된다.

지금도 이스라엘은 팔레스타인(이 팔레스타인을 성경에서는 '블레셋'이라고 적고 있다.)과 분쟁을 계속하고 있으며, 어떨 때는 평화롭게 지내다가 또 어떨 때는 전쟁을 하고 말 그대로 목에 걸린 가시처럼 불편하기 짝이 없게 지내고 있다.

어쨌건 여호수아가 죽고 나자 모세나 여호수아처럼 준비된 이스라엘의 지도자가 없어서 사사의 시대(필요에 따라 하나님께서 지도자로 들어 쓰신 이를 사사라 한다.)에 이르게 되고, 사사의 시대가 너무나 힘들었기에 이스라엘 민족이 간곡하게 하나님께 요구하여 왕조의 시대를 열게 된다.

그래서 우리가 알고 있는 다윗왕과 솔로몬왕이 나오게 되고 남유다와 북이스라엘로 나누어지고 또 북이스라엘은 앗수르에 의해 망해 앗수르의 혼혈정책에 의해 순수성을 잃게 되어 남유다로부터 멸시 천대의 대상이 된다. 그러다 150년 뒤 남유다 또한 바벨론에 의해 패망하고 포로로 잡혀가 1차 디아스포라를 겪으며 페르시아 왕 고레스(키루스)가 칙령으로 유다 민족을 해방시킴으로 인해 70년만에 예루살렘으로 돌아온다.

이 모든 것이 성경을 보면 이스라엘 민족이 열성적으로 하나님을 믿고 의지하고 따르면 그 나라가 융성해지고 그렇지 못하고 이방신을 섬기고 우상을 섬기고 하면 하나님께서 진노하시고 대적이 생기어 이스라엘 민족을 핍박하는 그런 내용이 전개된다.

모세나 여호수아와 같은 강력한 지도자가 있을 때는 그나마 지도자의 힘에 의해 하나님과 동행하는 모습을 보여 주나 사사시대나 왕조시대를 보면 거의 같은 패턴을 반복하는 것을 볼수 있다.

그나마 왕조시대중 다윗왕과 솔로몬왕의 경우는 좀 나으나 그외의 경우는 거의 매일반이다.

물론 여호사밧왕이나 요시아왕과 같이 왕조시대의 몇몇 왕은 예외로 하나님을 경외하며 의지하였지만 여호사밧왕의 아버지인 아사왕과 같이 초기엔 잘 믿다가 말기엔 교만에 빠져 제멋대로 한 그런 왕도 있고 북이스라엘의 아합왕과 같이 왕비의 위세에 눌려 우상과 이방신을 온 나라에 차고 넘치게 한 왕도 있다.

그러고 보면 사람이 한결같기가 쉽지 않은 것 같다.

초년엔 불안하고 의지할 곳이 없으니 하나님께 의존하다가 나중에 어느 정도 성취를 하면 자만에 빠져 의존하던 하나님은 지우개로 싹싹 지워 버리고 제가 잘나서 그리된 줄 알고 교만에 빠져 제 마음대로 하려고 하는 게 사람의 기본 심성인 모양이다.

오늘 아버지가 진웅이에게 이야기해 주고자 하는 성경 내용은 사사시대의 한분인 아비에셀 사람 요아스의 아들 기드온 사사에 대한 기록이다.

사사기 6장 첫절을 보면 "이스라엘 자손이 또 여호와의 목전에 악을 행하였으므로 여호와께서 그들을 미디안의 손에 붙이시니…"라고 적어 놨는데 아버지가 앞에서 말한 바대로 "또 여호와의"라고 적힌 것은 이번이 처음이 아니라는 이야기다.

어쨌건 미디안족속이 이스라엘이 추수만 하면 전쟁을 일으켜 사람을 죽이고 추수한 곡식은 모조리 뺏어가고 하니 죽을 지경이거든. 그러니 이스라엘 민족이 다시 하나님께 기도하며 부르짖는 거지 살려 달라고.

그러자 인애하신 하나님께서 하나님의 사자를 보내 오브라의 상수리나무 아래에 앉아(성경에는 상수리나무가 몇 번 나오는데 대체로 좋은 이야기다. 아브라함이 100세에 아들을 낳을 것이라는 이야기를 들은 것도 마므레 상수리나무 숲 근처라고 나온다.) 기드온에게 이스라엘을 미디안의 손에서 건지라고 한다 그러자 기드온은 "우리 집은 므낫세 중에 가장 약하고 나는 내 아비집에서 제일 작은 자라"라고 한다.

그러나 여호와께서 그에게 "내가 반드시 너와 함께하리니 네가 미디안 사람 치기를 한사람 치듯 하리라" 하시고 용기를 심어 준다.

이에 용기를 얻은 기드온이 대답하면서 "만약 내가 주의 은혜를 입었으면 나와 말씀하신 이가 주 되시는 표징을 보여 주소서" 하고 염소 새끼 한 마리를 준비하고 무교병을 만들고 고기는 소쿠리에 담고 국은 양푼이에 담아 상수리나무 아래로 가지고 온다.

하나님의 사자가 이를 보고, 기드온에게 고기와 무교병은 반석 위에 놓고 그 위에 국을 쏟으라고 한다. 기드온이 그대로 하니 사자가 가지고 있던 지팡이 끝을 고기와 무교병에 대니 불이 반석에서 나와 고기와 무교병을 살랐고 여호와의 사자는 보이지 않았다고 한다.

그리고 여호와께서 기드온에게 "너는 안심하라 두려워 말라 죽지 아니하리라" 하니 기드온이 거기서 여호와를 위하여 단을 쌓고 이름을 "여호와 샬롬"이라고 하였다.

"여호와 샬롬"은 우리말로 "여호와는 평강이시다"란 뜻이다.

그리고 그날 밤에 하나님께서 기드온에게 수소를 잡고 바알의 단을 헐고 우상인 아세라 상을 찍고 견고한 성 위에 여호와를 위한 제단을 쌓고 번제를 드리라고 한다.

기드온이 그 일을 밤에 행하였더니 아침에 뭇 이스라엘 사람들이 나와서 그 책임을 물으려 하니 기드온의 아비 요아스가 변론하여 바알이 신이라면 바알이 기드온을 쟁론할 것이라고 한다.

그러자 이스라엘 사람들이 기드온을 여룹바알이라고 부른다.

이때에 미디안 사람과 아말렉사람 그리고 동방 사람들이 다 모여 이스르엘 골짜기에 진을 치고 있으니 여호와의 신이 기드온에게 임하여 기드온이 나팔을 부니 모든 아비에셀의 사람들이 모이고 또 사자를 므낫세에 두루 보내고 아셀과 스불론 그리고 납달리에도 사자를 보내 사람들이 모이게 하고 그들 또한 기드온을 영접한다.

그런데도 기드온은 확신을 가지고자 했음인지는 모르나 하나님께 "주께서 이미 말씀하심과 같이 내 손으로 이스라엘을 구원하려 하시거든 보소서 내가 양털 한뭉치를 타작마당에 두리니 이슬이 양털에만 있고 4면 땅이 마르면 주께서 이미 말씀하심 같이 내 손으로 이스라엘을 구원하실 줄 알겠나이다 하였더니 그리 된지라 이튿날 기드온이 일찍이 일어나 양털을 취하여 이슬을 짜니 그릇에 가득하더라 기드온이 또 하나님께 여짜오되 주여 내게 진노하지 마옵소서 내가 이번만 말하리이다. 구하옵니다 나로 다시 한번 양털로 시험하게 하옵소서 양털만 마르고 4면 땅에는 이슬이 있게 하옵소서 하였더니 이밤에 하나님이 그대로 행하시니 곧 양털만 마르고 4면 땅에는 다 이슬이 있었더라"라고 되어 있다. 그제야 기드온은 확신을 가진 듯하다.

사람은 믿기보다 의심하기를 쉽게 하는 것 같다.

기드온 또한 택함을 받았고 반석 위의 제물이 불살라짐을 보았고 하나님의 사자가 감쪽같이 사라지심을 봤다면 충분히 믿을만할 터인데 그러지 못함을 보면 우리 모두에겐 믿음보다 의심이 가까운 모양이다.

그러기에 예수님의 제자들도 예수님의 못 박히신 자국이 있는 손을 보고 "나의 주시여" 하자 "보지 못하고 믿는 자들은 복되도다" 라고 하셨다.

히브리서에서도 "믿음은 바라는 것들의 실상이요 보지 못하는 것들의 증거니"라고 되어 있고.

어쨌건 그렇게 모인 인원이 약 3만 2,000명쯤 됐던 모양이다.

하나님께서 기드온에게 이르시기를 "너를 좇은 백성이 너무 많은즉 내가 그들의 손에 미디안 사람을 붙이지 않으리니 이는 이스라엘이 나를 거스려 자긍하기를 내손이 나를 구원하였다 할까 함이니라"라고 하신다. 즉 이는 우리 이스라엘 사람이 이렇게 많으니 하나님 여호와의 도우심 때문이 아니고 우리의 수가 많아서 이겼다고 할까 두렵다는 말씀이신 거다.

그래서 하나님께서 기드온에게 겁먹고 두려워하는 사람은 돌려보내라고 한다.

그러자 2만 2,000명이 돌아가고 남은 자가 만 명이라고 한다.

그러나 여호와께서는 만 명도 많다고 하시면서 만 명을 물가로 데리고 가서 물을 마시게 하라고 시키시고 물을 마시는 방법에 따라 사람을 구분하여 세우게 한다.

즉 물가에서 손으로 물을 떠서 물을 마시는 사람과 물가에서 무릎을 꿇고 입을 물속에 넣어 물을 마시는 사람을 구분하게 한다.

그랬더니 전자 즉 손으로 물을 떠서 마시는 자는 300명이고 나머지는 전부 무릎을 꿇고 물을 마신 자들이라, 300명으로 미디안 사람을 이기게 할 것이니 남은 사람들은 다 돌려보내라고 하신다.

왜 하나님께서 그러셨을까?

인간적인 생각이면 싸움에서는 다다익선이라고 숫자가 많은 것이 득일 것 같은데?

그러나 여호와 하나님께서는 "이스라엘이 나를 거스려 자긍하기를 내 손이 나를 구원하였다 할까 함이니라"라고 하신 이게 두렵고 싫으신 것이다.

조금 잘되면 '내가 잘해서 내가 잘나서 이렇게 된 것이다' 하고 여호와 하나님을 망각하고 교만에 빠져 잘난 척하는 그게 싫으신 것이다.

그러니 우리도 항상 겸손할 줄 알고 하나님께 의존하고 교만에 빠지지 않도록 해야 한다.

그렇게 300명을 고른 하나님께서는 그날 밤에 기드온에게 일어나서 적진을 치라고 하시면서, 만일 네가 치러가기 전 두려우면 부하를 한 명 데리고 그 진을 들어가서 그들이 하는 말을 들어 보라고 하신다. 어쩌면 기드온이 또 확신을 가지지 못하고 망설이며 주저할까 하여 그러신지 모르겠지만….

왜냐? 하나님이 보시기엔 기드온이 왠지 확신을 못하는 것 같으니까.

근데 기드온이 또 부하 부라를 데리고 적진에 내려가 정탐을 한다.

내려가서 기드온이 들어 보니 적진에서 이미 "하나님께서 미디안과 모든 군대를 기드온의 손에 붙였다" 하는 사기 꺾인 소리를 듣고 올라와서는 300명을 100명씩 3대로 나누어 나팔을 불며 내려가니 적들이 쫄아서 자기들끼리 칼날로 치고 죽이며 도망하게 된다.

성경 책의 기록에 따르면 "이때에 세바와 살문나(둘은 미디안의 왕들이다.)가 갑골에 있는데 동방사람의 모든 군대 중에 칼든 자 12만 명이 죽었고 그 남은 1만 5,000명가량은 그들을 쫓아 거기 있더라." 라고 적고 있다.

그리고 기드온은 기어이 세바와 살문나를 추적하여 둘을 죽인다.

그러자 "이스라엘 사람들이 기드온에게 이르되 당신이 우리를 미디안의 손에서 구원하였으니 당신과 당신의 아들과 당신의 손자가 우리를 다스리소서 기드온이 그들에게 이르되 내가 너희를 다스리지 아니하겠고 나의 아들도 너희를 다시리지 아니할 것이요 여호와께서 너희를 다스리리라" 한다.

최진웅!

우리는 항상 한결같아야 하고 또 확신을 가져야 한다.

여호와 하나님을 향한 믿음도 확신이 있어야 하며 한결같아야 한다.

잘난 척이나 교만은 멀리 할수록 좋다.

나의 경거망동을 경계하고 내 행동의 신중함이 진중해야 한다.

공부도 마찬가지 확신을 가지고 본인의 최선을 다해 인내와 끈기로 집중에 집중을 더해야 한다.

시간이 촉박하다고 흔들리거나 두려워할 필요가 없다.

마음의 평정이 중요하다.

남은 시간 더욱 집중하려면 좌우의 웅성거림에 귀 기울이지 말아야 한다.

난 내 길을 간다.

내가 정하고 하나님께서 허락하신 내 길을 나는 열심히 갈 것이다.

호시우보虎視牛步의 자세로 한 걸음 한 걸음.

그러면 반드시 나를 사랑하는 여호와 하나님께서 반드시 주실 것이다란 확신을 가져야 한다.

사랑한다! 내 아들!

2019년 10월 21일

대구에서 아버지가

서른세 번째 편지

🌙

최진웅!

지난 주 일요일에야 겨우 군위 호두밭의 풀을 다 베었다.

9월초부터 시작했었는데 1달 반이 지나서야 마칠 수가 있었다.

몇 년 전만 해도 3주 정도면 전부 다 벨 수 있었는데 아버지 체력이 떨어져서 그런지 이젠 만만치가 않더라. 그래도 올해는 호두를 한 포대기 정도는 땄다(사실은 거의 주운 거임).

내년이면 좀 더 많은 호두를 얻을 수 있지 않을까 싶다만 1년 내내 풀 한두 번 베 주는 것 외에는 아무것도 해 주는 게 없으면서 바라는 것은 많은 것 같아 나무에게 미안한 생각도 든다.

그래서 이번 주에는 가서 산에서 내려오는 칡도 좀 제거해 주고 갱분(개천)에서 올라오는 꺼끄레기(꺼끄러기)도 좀 치워 주러 갈 셈이다.

최진웅!

요한복음 15장을 1~5절을 보면,

"내가 참포도나무요 내 아버지는 그 농부라 무릇 내게 있어 과실을 맺지 못하는 가지는 아버지께서 이를 제해 버리시고 무릇 과실을 맺는 가지는 더 과실을 맺게 하려 하여 이를 깨끗게 하시느니라 너희는 내가 일러준 말로 이미 깨끗하였으니 내 안에 거하라 나도 너희 안에 거하리라 가지가 포도나무에 붙어 있지 아니하면 절로 과실을 맺을 수 없음같이 너희도 내 안에 있지 아니하면 그러하리라 나는 포도나무요 너희는 가지니 저가 내 안에 내가 저 안에 있으면 이 사람은 과실을 많이 맺나니 나를 떠나서는 너희가 아무것도 할 수 없음이라"라고 적고 있다.

우리는 어떤 일이 닥치면 자기가 주체가 되는 줄 알고 모든 세상의 두려움과 스트레스 또 갈등과 역경을 다 해결해야 하고 풀어야 되는 양 안절부절하고 이리저리 흔들려 불안과 염려만이 마음에 한가득 채워서 어쩔 줄을 모르고 우왕좌왕하는데 알고 보면 우리는 하나님이란 농부가 잘 키워 주고 있는 예수님이라는 포도나무의 한 가지란 거지.

가지가 풍성해야 포도나무가 포도나무다운 거지 가지가 없고 포도나무 둥치만 있는 포도나무는 존재할 수가 없다. 그래서 예수님께서도 "저가 내 안에 내가 저 안에 있으면 이 사람은 과실을 많이 맺나니"라고 하시는 거지.

우리는 어렵고 힘든 일 두려움과 스트레스 전부 예수님과 하나님께 털어놓으면 되는 거야.

그렇게 상통하고 그러면 과실을 많이 맺는다고 약속하시잖아.

그리고 이어서 16절에 우리에게 주시는 말씀이,

"너희가 나를 택한 것이 아니요. 내가 너희를 택하여 세웠나니 이는 너희로 가서 과실을 맺게 하고 또 너희 과실이 항상 있게 하여 내 이름으로 아버지께 무엇을 구하든지 다 받게 하려 함이니라" 라고 적고 있다.

최진웅!

잘 읽어 봐라.

말씀을 보면 예수님께서는 이미 우리를 선택하셨고 또 세우셨다는 이야기다.

"택하여 세울 것이라"라는 미래형이 아니고 이미 "택하여 세웠나니"의 과거형이란 이야기지.

그러니까 이미 "예전에 택해서 세워 놨다는 하나님의 확언"이란 이야기야.

그리고 택해 둔 이유는 "너희로 가서 과실을 맺게 하고 또 너희 과실이 항상 있게 하여 내 이름으로 아버지께 무엇을 구하든지 다 받게 하려 함이다" 이런 말씀이야.

이는 최진웅!

너는 이미 예수님께서 네 갈 길을 미리부터 택하여 세워 놓으셨고 택한 이유는 네가 의사가 되든 치과의사가 되든 네가 받은 소명을 다하도록 하여 예수님 보시기에 아름다운 과실을 맺고 또 그러한 과실을 항상 있게 해서 예수님 이름으로 진웅이가 하나님께 구하면 다 받을 수 있게끔 하려는 것이다. 라고 해석을 할 수 있는 것이다.

그러니 최진웅!

20일밖에 안 남았는데 하면서 절대 불안해하거나 염려하지 마라.

이미 예수님께서 택하여 세워 주신 거니까 믿어 의심치 말고 용감하게 전진해 가는 거야.

남자답게 염려와 두려움 그리고 불안감과 초조감 모두 땅바닥에 내동댕이치고 힘차게 나아가는 거야. 왜? 최진웅은 "택해져 세움을 받은 사람"이니까.

그리고 최진웅!

이제부턴 건강을 확실하게 챙겨야 한다.

입시생에게는 건강을 잘 챙기는 것도 실력이다.

때가 또 환절기니 만큼 각별히 신경을 써야 한다.

지금까지 공부해 온 것과 앞으로 남은 기간 잘 마무리하려면 건강이 우선되어야 한다.

마무리까지 깔끔하게 잘하는 내 아들!

최진웅! 파이팅!

2019년 10월 25일

대구에서 아버지가

서른네 번째 편지

최진웅!

시간이 그렇게 그렇게 흘러 어느새 10월의 마지막을 향해 가고 있구나.

요즈음 진웅이도 하루하루가 이렇게 잘 감을 또는 하루하루가 참 소중하다는 걸 느낄 때가 많을 것이다. 평소엔 대수롭지 않게 대하던 시간이 내가 무슨 큰일이나 시험을 앞두고 있으면 그 시간의 흐름이 되게 빠르게 감을 느끼고 또 내가 무슨 중요한 발표나 기대하는 것을 기다리는 때이면 그 때는 시간이 그렇게 더디게 감을 느낄 수가 있다.

그러니까 시간의 흐름도 사람의 감정에 따라 다르게 느껴진다는 것이다.

옛날 어른들 말씀에 "바쁠수록 둘러 가라."라는 말이 있다.

마음이 조급하고 초조할 때일수록 여유를 가지려 하고 마음을 평안히 해야 모든 것이 안정이 되고 평정을 유지하면서 마음이 차분해질 수가 있다.

바쁘고 갈급한 중에서도 여유를 가지려고 노력하고 마음을 진정시킬 수 있도록 해라.

좋아하는 노래가 있으면 한번 흥얼거리며 콧노래를 불러 보는 것도 괜찮겠다.

최진웅!

오늘은 이스라엘의 위대한 왕 다윗왕에 대해 이야기를 좀 해 볼까 한다.

진웅이도 알다시피 다윗왕은 이스라엘의 두 번째 왕이다.

첫 번째 왕인 사울왕은 베냐민 지파로 따지고 보면 야곱 즉 이스라엘이 아내 라헬로부터 얻은 막내 아들 베냐민의 후손이다.

사무엘 상 9장을 보면 "그 이름은 사울이요 준수한 소년이라 이스라엘 자손 중에 그보다 준수한 자가 없고 키는 모든 백성보다 어깨 위는 더하더라"라고 되어 있다.

그러니까 인간적으로 보는 외모상으로는 왕감으로 빠지는 게 없다는 이야기지.

그러한 사울왕도 초기에는 겸손하고 하나님 보시기에 겸손하였기에 하나님께서 이스라엘의 마지막 사사인 사무엘을 시켜 왕으로 기름 붓게 한다.

그러나 블레셋과의 몇 번 싸움에서 이기고 난 뒤 교만해져서 하나님께서 취하지 말라던 전리품을 하나님 몰래 챙기고, 불순종하는 바람에 이로 말미암아 하나님께 버림을 받게 된다.

이후에 하나님께서 다시 사무엘에게 일러, 뿔에 기름을 담아 베들레헴에 있는 유다지파(유다는 야곱이 사랑한 동생 라헬 대신 먼저 혼인을 한 라헬의 언니 레아에게서 얻은 넷째 아들이다.)인 이새의 집에 가서 장차 왕감이 되는 사람에게 기름을 부으라고 한다.

그런데 이 이새는 아들이 많았다.

사무엘이 보기에 이새의 장남인 엘리압을 보니 마음에 들어서 기름을 부으려 하니 여호와께서 이르기를 "그 용모와 신장을 보지 말라 내가 이미 그를 버렸노라 나의 보는 것은 사람과 같지 아니하니 사람은 외모를 보거니와 나 여호와는 중심을 보느니라" 하고 그곳에 모인 아들 일곱을 전부 패스해 버린다. 그리고 이새에게 다른 아들은 없냐고 묻는다.

그러니까 이새가 막내 아들인 다윗이 있는데 그는 지금 양을 보고 있다고 한다.

그러자 데리고 오라 하여 사무엘이 다윗에게 기름을 붓고 간다.

이를 보면 다윗은 여덟째 막내 아들로 위의 일곱 형보다 외모상으로는 내세울 게 없었던 것 같다.

성경에도 "그의 빛이 붉고 눈이 빼어나고 얼굴이 아름답더라" 정도로 적고 있는 걸 보면 외모는 그다지 뛰어나지 않음을 알 수 있다.

그러나 하나님을 향한 믿음만큼은 타의 추종을 불허함이 분명한 것 같다.

블레셋의 용사인 골리앗과 싸우러 나가는 열서넛의 소년이 물맷돌 하나 들고 골리앗 앞에 당당히 서서 외치기를 "너는 칼과 창과 단창으로 내게 오거니와 나는 만군의 여호와의 이름 곧 네가 모욕하는 이스라엘 군대의 하나님의 이름으로 네게 가노라" 하고 "오늘 여호와께서 너를 내 손에 붙이시리니 내가 너를 쳐서 네 머리를 베고 블레셋 군대의 시체로 오늘날 공중의 새와 땅의 들짐승에게 주어 온 땅으로 이스라엘에 하나님이 계신 줄 알게 하겠고 또 여호와의 구원하심이 칼과 검에 있지 아니함을 이 무리로 알게 하리라 전쟁은 여호와께 속한 것인 즉 그가 너희를 우리 손에 붙이시리라" 하고 물매돌을 날려 블레셋의 용사 골리앗을 무너뜨린다.

일반의 열서넛 소년이면 겁을 먹고 오줌을 지릴 판인데 당당히 나서서 만군의 여호와를 외치고 나설 수 있다는 건 웬만한 간담이 아니고 배짱이 아니면 할 수가 없다.

지금 최진웅에겐 이런 배짱과 용기(간담)가 있어야 한다

그래야 하나님께서도 감동, 감화하시어 진웅이와 함께 하실거야.

하나님은 분명히 중심을 보신다고 했으니 마음의 중심을 확실히 잡고 당당히 나가야 한다.

그렇게 했을때 하나님께서 나단 선지를 통해 다윗왕에게 축복해주신

"내가 너를 목장 곧 양을 따르는 데서 취하여 내 백성 이스라엘의 주권자로 삼고 네가 어디로 가든지 내가 너와 함께 있어 네 모든 대적을 네 앞에서 멸하였은즉 세상의 존귀한 자의 이름같이 네 이름을 존귀케 만들어 주리라"라고 한 말씀을 들을 수가 있다.

그러니 최진웅!
절대 두려워하거나 염려하지 마라.
또 긴장하거나 초조해하지 마라.
주 하나님 여호와께서 너와 함께 함에야 무엇이 겁나고 무엇이 두렵겠나?
당당하게 배짱을 가지고 뱃심 있게 나가는 거야.
하나님께서 말씀하시잖아. "네 모든 대적을 네 앞에서 멸하였은즉"이라고.
이미 네 앞의 대적은 멸해 놨다고.
그러니 진웅이가 염려하고 두려워할 필요가 없다.
믿고 당당히 나가는 거야.

자 자! 최진웅 힘내고! 파이팅!

2019년 10월 30일
대구에서 아버지가

서른다섯 번째 편지

☾

최진웅!

지난주 금요일이 네 친할머니 기일이라 부산에 가서 추도예배를 드리고 올라왔다.

아버지가 네 살 때(만으로 따지면 두 살 때) 돌아가셨기 때문에 아버지는 얼굴도 기억을 못 한다만은 네 큰아버지 말씀에 따르면 사시면서 고생만 하시다가 돌아가셨다고 한다.

아버지는 네 할아버지께 늘 고구마를 먹고 돌아가셨다는 말씀을 들었기에 철이 들고 난 뒤로 고구마를 먹지 않는다만 알고 보면 고구마를 먹고 죽을 사람은 없을 거야.

아마도 만성 맹장염이었는데 가족 모두 의학에 지식이 없었고 시골이다 보니 병원도 없었고, 그러다 보니 병을 키웠고 종국에는 맹장이 터져 복막염이 되어 돌아가시지 않았나 생각이 된다.

그래서 아버지도 그걸 알고 난 뒤에 의대를 가 보려고 했는데 그러나 이미 고등학교를 공고로 간 뒤라 의대로 진로를 바꾼다는 건 그 당시로는 꿈을 꿀 수가 없었다.

그래서 아버지가 네 작은누나에게 의대로 갈 것을 강요하고 그렇게 원했는지 모르겠다.

결국은 한의대에 진학하는 것으로 만족해야 했지만.

이번엔 진웅이가 재차 도전을 하고 있으니까 또 한 번 아버지는 기대에 기대를 모아 본다.

이번 추도예배 때 기도 제목도 단연 진웅이의 수능 시험이었고 모든 화제도 진웅이의 수능 시험이었다. 그렇다고 너무 부담을 가지거나 버거운 생각은 가질 필요가 없다.

모두 마음을 합해 너에게 힘과 용기를 주기 위해 또 지혜와 지식을 다 몰아 주시기를 하나님께 간절히 기도하고 있는 것이니까.

최진웅!

이스라엘의 가족이 흉년으로 인해 70여 명이 애굽(이집트)으로 이주한 뒤 400여 년이 흐르고 가족이 민족이 되는 인큐베이팅 시기를 거친다(출애굽 시 장정만 60만 명이라고 성경에 기록하고 있으니까 남녀노소를 다 합하면 적어도 240만 명 정도는 되지 않았을까 추정할 수 있다.).

그러나 요셉이 살아 있을 때는 손님처럼 대접을 받았지만 요셉이 죽고 세월이 흐르자 이스라엘 민족은 천덕꾸러기가 되어 애굽에서 종살이를 하게 된다.

남의 종노릇이 쉽나? 예나 지금이나 자유도 없고 힘도 없고 이리 터지고 저리 터지고 하는 게 힘없는 자들의 서러움이지. 견디다 못한 이스라엘 민족이 하나님께 제발 이 고통에서 벗어나게 해 달라고 기도에 기도를 더하며 울부짖는다.

그러자 하나님께서 나이 80이 된 모세를 앞세워 애굽에 열 가지 재앙을 내리고 이스라엘 민족이 출애굽할 수 있도록 하시고 밤에는 불기둥으로 낮에는 구름기둥으로 길을 인도하여 홍해 앞에 다다르게 된다.

그리고 하나님께서 애굽의 왕 바로(파라오)를 강폭케 하여 군대를 동원하여 이스라엘 민족을 쫓게 하신다. 그도 그럴 것이 애굽 왕의 입장에서 보면 이때까지 종노릇하던 이스라엘 민족이이 있어서 노동력 걱정은 하지 않고 살았는데 보내고 나니 막일 등을 시켜 먹을 노동력이 없거든.

아차 싶었던 거지.

그래서 전 이집트의 병력을 총동원하여 이스라엘 민족의 뒤를 쫓는 거야.

속도면에서 보면 240만에 가까운 사람들 즉 어린애 노인네 부녀자 등등 오만떼만 사람을 다 데리고 가는 이스라엘 쪽하고 좀 늦게 출발은 했지만 말이 끄는 병차로 달리는 거 하고 어느 쪽이 빠르겠어? 멀리 못 가고 홍해 그러니까 현재 수에즈운하가 있는 그 언저리에서 꼬리가 잡힌 거지.

그러자 이스라엘 민족 내에서는 난리가 났다.

모세에게 네가 가자고 해서 나왔는데 너 때문에 다 죽게 생겼다.

그냥 애굽의 종으로 살게 두지 왜 데리고 나와서 이 황무지 같은 데서 죽게 만드냐고 원망에 원망을 그렇게 하는 거지.

그러고 보면 사람이란 다 비슷한 것 같다.

제게 득이 되거나 좋으면 '헤헤'거리며 좋아하고 제게 좀 싫은 짓이나 나쁘면 온갖 욕과 원망을 늘어 놓으며 남탓을 하는 거지.

어쨌건 앞으로 갈려니 바다고 뒤에는 애굽의 군대가 쳐들어 오고 있고, 이스라엘 민족은 앞으로도 뒤로도 못 가는 사면초가에 빠진 거지.

그런 모세가 이스라엘 민족에게 "너희는 두려워 말고 가만히 서서 여호와께서 오늘날 너희를 위하여 행하시는 구원을 보라 너희가 오늘 본 애굽 사람을 또다시는 영원히 보지 못하리라 여호와께서 너희를 위하여 싸우시리니 너희는 가만히 있을지니라" 하고 손을 내밀어 홍해를 가르고 이스라엘 민족으로 바다를 마른 땅같이 건너가게 하신다.

이렇게 여호와 하나님께서는 앞에는 바다 뒤에는 애굽 군대가 들이 닥치는 그런 절체절명의 상황에서 모세에게 원망하며 하나님께 부르짖는 이스라엘 민족에게도 구원의 손길을 내밀어 바다를 갈라지게 하는 기적을 만들어 구원하시는 역사를 만드신다.

그런데 하물며 사랑하는 진웅이야 어련히 챙기시겠나.

그러니 진웅아! 두려워하거나 염려하거나 초조해하지 마라.

진웅이는 만군의 주 여호와 하나님께서 같이 하심을 굳게 믿고 당당하게 나아가면 된다.

여호사밧왕이 모압자손과 암몬자손 그리고 마온사람들의 3국 연합군을 맞으면서 하나님께 기도로 간구하여 승리를 이룬 것 같이 진웅이도 기도로 수능 시험에 임하면 여호와 하나님께서 같이 하시어 승리의 찬양을 부를 수 있을 것이다.

이스라엘 민족이 홍해를 건너고 난 뒤 부른 "여호와는 나의 힘이요 노래시며 나의 구원이시로다 그는 나의 하나님이시니 내가 그를 찬송할 것이요 내 아비의 하나님이시니 내가 그를 높이리로다 여호와는 용사시니 여호와는 그의 이름이시로다" 찬송처럼.

그러니 최진웅!

지금까지 공부에 최선을 다했고 또 남은 열흘간도 온 힘을 다해서 노력을 한다면 여호와 하나님께서 진웅이와 함께 하시어 힘이 되어 주시고 용기가 되어 주시고 네 능력이 되어 주실 것이다.

그러니 아무 염려하지 말고 마지막까지 열정을 다할 수 있도록 하자.

여호와 하나님께서 사랑하는 내 아들 최진웅! 파이팅!

2019년 11월 4일
대구에서 아버지가

서른여섯 번째 편지

☪

최진웅!

아버지의 이번 일본 출장은 상당히 결실이 있었다.

새로운 고객사인 히라타기공平田機工을 소개받았고 그 고객사로부터 3주 이내에 구좌를 개설해 거래를 시작하자는 좋은 이야기도 들었고 또 기존의 고객인 토키로부터 60억 원에 이르는 수주도 확보했으니까 이만하면 괜찮은 수확이 아닌가 싶다.

히라타기공도 일본에서 연 2조 원 가까운 매출을 올리는 회사이니까 거래를 시작하기만 하면 적어도 년 50억~100억 원정도의 매출은 확보할 수 있지 않을까 싶다.

특히 히라타기공은 사업 분야가 자동차 조립 라인, 디스플레이 장비 분야, 반도체 장비 분야, 로봇 사업 분야 등 사업 부분이 다양하니까 아버지 회사가 롤모델role model로 삼아 분발해 보는 것도 괜찮지 않을까 생각하고 있다.

출장에서 돌아오는 길에는 미쓰이조선三井造船 고객과 일본 후쿠

오카공항富岡空港에서 만나 같이 한국에 들어왔다.

최진웅!

오늘 아침 출장을 다녀와서 날짜를 보니 11월 8일이더구나.

이제 진웅이의 수능 시험이 당일을 빼고 나면 진짜 5일밖에 남지 않았데?

외부로 강한 척하지만 속으로 긴장과 초조함에 마음을 졸이고 있을 너를 생각하니 무슨 말씀을 네게 들려주어야 네게 힘이 되고 용기가 날까 생각을 많이 해 봤다.

그리고 성경 책을 펴니 창세기 12장 말씀이 눈에 들어오더구나.

"여호와께서 아브라함에게 이르시되 너는 너의 본토 아비 집을 떠나 내가 네게 지시한 땅으로 가라 너로 큰 민족을 이루고 네게 복을 주어 네 이름을 창대케 하리니 너는 복의 근원이 될지라 너를 축복하는 자에게는 내가 복을 내리고 너를 저주하는 자에게는 내가 저주하리니 땅의 모든 족속이 너를 인하여 복을 얻을 것이라 하신지라 이에 아브라함이 여호와의 말씀을 좇아갔고"

진웅아! 맞다.

네 할아버지 할머니가 그 옛날 믿음이 무엇인지 신앙이 무엇인지도 모르던 시기에 하물며 한글도 모르고 그 촌에서 농사일밖에 모르시던 네 할아버지 할머니를 여호와 하나님께서 어떤 방법으로 선택하시어 신앙이란 것을, 믿음이란 것을 우리 집안에 선물로 주신 것은 일찍이 하나님께서 우리 집안을 선택하여 세상 사람들에게 복의 근원이 되게 하려고 하신 게야(사실 아버지가 컸던 동네에선 우리 집이 제일 먼저 믿었거든.).

지금 진웅이가 집을 떠나서 그 험한 삼수의 길을 가고 있는 것도 하나님께서 특별히 진웅이를 선택하신 것을 알게 하려고 집을 떠나서 힘들고 어렵게 공부와 전투를 하게 하시는 거고.

얼마 전 편지에서 쓴 것과 같이 이스라엘 민족이 미디안 족속에게 위협을 받아 위기에 처했을 때 이스라엘 민족이 저들의 힘으로 미디안 민족을 물리쳤다고 자만하여 죄에 빠질 것을 염려하여 딱 300명으로 미디안 족속을 물리치게 하여 하나님의 역사하심을 이스라엘 민족이 깨우칠 수 있도록 하신 것과 같이 지금 하나님께서는 진웅이가 자신의 능력을 자만할 것을 하나님께서 미리 염려하시어 하나님께서 진웅이에게 주신 소명을 잘 알 수 있게끔 하시고 모든 일의 성사가 내 힘으로 된 것이 아니고 하나님의 주재하에 모든 일이 이루어진다는 것을 확실하게 심고 각인시키시려고 이런 길을 마련하신 거야.

그래야 진웅이의 마음속에 살아 계시는 하나님의 계획과 역사하심을 알고 또 진웅이가 복의 근원임을 확신할 수 있을 테니까.

여호와 하나님께서는 분명히 말씀하셨다.

"두려워 말라 나는 너의 방패요 너의 지극히 큰 상급이니라"

하나님은 우리에게 두려움의 대상이 아니고 우리를 지켜 주시는 방패이시고 우리가 항상 기대하고 받을 수 있는 상장과 상급 즉 선물과 같은 존재이시란 말씀이지.

거기에다 아버지가 성경 말씀 중에 제일 자주 보는 여호수아서 1장을 보면 "너희 발바닥으로 밟는 곳을 다 너희에게 주었노니"라고 되어 있는데 이 말씀은 아버지가 지난번에도 설명했지만 '줄 것이라'가 아니고 이미 과거에 정해서 '주었노니'라고 예정해 주신 거다.

이미 하나님께서는 다 정해 두시고 가져가기만을 기다리고 계신 거야.

그런데 우리가 자꾸 믿지 못하고 "될까?", "되겠나?" 하고 의심을 하는 거지.

그러면 하나님 입장에선 화가 나실까? 안 나실까?

하나님께서는 진웅이에게 무궁무진하고도 엄청난 계획을 가지시고 진웅이에게 시험을 주고 계시는 거야.

이 시험 잘 치러내고 "역시 진웅이는 복의 근원이었어!"를 확인시켜 주는 거야. 알았지!

자! 그럼 차분히 마지막 정리와 준비 잘하고!
복의 근원! 파이팅!

2019년 11월 8일
대구에서 아버지가

서른일곱 번째 편지

"마음의 경영은 사람에게 있어도 말의 응답은 여호와께로써 나느니라 사람의 행위가 자기 보기에는 모두 깨끗하여도 여호와는 심령을 감찰하시느니라 너의 행사를 여호와께 맡기라. 그리하면 너의 경영하는 것이 이루리라"

잠언 16장 1~3절

2019년 11월 11일
대구에서 아버지가

서른여덟 번째 편지

"마음을 강하게 하고 담대히 하라 두려워하며 놀라지 말라 네가 어디로 가든지 네 하나님 나 여호와가 너와 함께 하느니라"

여호수아 1장 9절

2019년 11월 12일

대구에서 아버지가

SEASON 2

사수

첫 번째 편지

이런 건 시즌season 1로 끝을 내야 하는데 기어이 시즌 2를 맞이하는구나.

성대 공대에 합격했기에 그나마 반수로 메워 보면 어떨까 하였던 게 사실은 아버지 마음이었다.

그런데 기어이 네가 처음부터 다시 하겠다고 하니 아버지로서도 다른 방도가 없더구나.

사실 어느 게 옳은지는 결과를 보지 않으면 알 수가 없는 법.

후회하지 않으려면 네가 최선을 다해서 결과를 최상으로 만들어 놓는 수밖에 없다.

주사위는 이미 던져진 거고.

율리우스 시저의 말을 빌리면 진웅인 이미 루비콘강을 건넜다. 그러니 이젠 로마로 진군하는 로마의 병사들처럼 점령할 최종 목적지를 향해 진군하는 수밖에 다른 길이 없다.

이순신 장군의 "생즉필사生即必死 사즉필생死即必生"이 아니더라도 전장에 임하는 장수가 살기를 원하면 반드시 죽고, 죽기를 각오하고 싸우면 반드시 산다고 했다.

필사의 각오로 의지와 열정을 가지고

체력의 극한까지 가더라도

오로지 내가 할 일은 이 공부뿐이란 사실을 잊지 않고

최선에 최선을 더하면

그 마지막에는 승리의 면류관을 쓰고 그 영광을 누릴 수가 있다.

코로나19COVID-19로 인해 두 달을 유야무야 넘겼지만 이제부터 시작인 게야.

이제 진웅인 외통수란 걸 알지?

군에 가느냐? 의대를 가서 면제를 받느냐?

그 결과는 네가 하기에 따라서 달라진다.

그리고 그 결과에 대해선 무조건 네가 책임을 져야 한다.

왜? 그건 네가 만든 결과물이므로.

아버진 8개월 뒤 진웅이가 승리자가 되어 환하게 웃으면서 돌아오길 바란다.

2020년 3월 23일에

대구에서 아버지가

두 번째 편지

최진웅.

어제 네 엄마로부터 네가 힘들어하더란 이야길 들었다.

모든 일이 다 그런 거다.

작년에 했던 똑같은 공부를 다시 한다는 게 쉽지도 않을 것이고 '또다시?'라는 막막함과 갑갑함을 왜 아버지인들 모르겠나?

스트레스 또한 만만치 않을 것이고.

그걸 알기에 반수 이야길 한 것이고.

그런데 네가 바로 하겠다고 하기에 네 의지를 믿었고 네 결정을 존중한 것이다.

네 누나 말에 의하면 차수가 많아질수록 스트레스와 압박감은 더 커진다고 하더라.

그러나 그 모든 걸 이겨 내야 한다.

어쩌면 스트레스 속에 너를 집어넣어서 그 스트레스를 뚫고 지나올 수 있는 배짱이 있어야 한다.

계란 껍질을 깨고 나와야 병아리가 되어 새로운 삶을 얻을 수 있듯이 지금의 압박감과 스트레스 뚫고 나오는 용기와 강단이 있어야 한다.

그래야 최후의 영광을 얻을 수가 있는 것이다.

"세상에 공짜는 없다." 고통을 이겨 내지 못한 영광은 절대 있을 수 없다.

반드시 이겨 내야 한다.

불교계에서 당대 최고의 고승이라고 한 성철 스님이 한 이야기다.

"다들 너무 걱정하지 마라.

걱정할 거면 딱 두 가지만 걱정해라.

지금 아픈가? 안 아픈가?

안 아프면 걱정하지 말고

아프면 두 가지만 걱정해라.

나을 병인가? 안 나을 병인가?

나을 병이면 걱정하지 말고

안 나을 병이면 두 가지만 걱정해라.

죽을 병인가? 안 죽을 병인가?

안 죽을 병이면 걱정하지 말고

죽을 병이면 두 가지만 걱정해라.

천국에 갈 거 같은가? 지옥에 갈 거 같은가?

천국에 갈 거 같으면 걱정하지 말고

지옥에 갈 거 같으면

지옥 갈 사람이 무슨 걱정이냐?

걱정하는 마음이 병이다.

다 잘될 거다. 걱정 마라."

다 잘될 거다.

그러니 심적 부담을 걷어 내어라.

언젠가 아버지가 네게 그랬지. "넌 잘해도 내 아들이고 못해도 내 아들이다."라고.

그게 불변의 진리이듯 네가 지금 받고 있는 압박감과 스트레스를 툴툴 털어 버리고 새로운 각오와 다짐으로 다시 시작하는 것도 네게는 불변이고 현실이다.

이겨 내어라. 그리고 언제나 당당해라. 주눅들지 말고.

잘되면 잘되는 대로 못되면 못되는 대로 당당해라. 기죽지 마라. 너는 내 아들이다.

그러니 더욱 당당해라. 그게 이 애비의 아들다운 모습이다.

힘내라! 내 아들!

그리고 사랑한다! 내 아들! 최진웅!

2020년 3월 26일에

대구에서 아버지가

세 번째 편지

☪

　최진웅.

　이사야서 43장에 "너희는 이전 일을 기억하지 말며 옛적 일을 생각하지 말라 보라 내가 새 일을 행하리니 이제 나타낼 것이라 너희가 그것을 알지 못하겠느냐? 정녕히 내가 광야에 길과 사막에 강을 내리니 장차 들짐승 곧 시랑豺狼(승냥이와 늑대)과 및 타조駝鳥도 나를 존경할 것은 내가 광야에 물들을 사막에 강들을 내어 내 백성, 나의 택한 자로 마시게 할 것임이니라"라고 적고 있다.

　이 말씀은 이스라엘이 남유다와 북이스라엘 두 왕국으로 나뉘어지고 난 뒤 북이스라엘이 앗수르에게 망하고 150여 년 뒤 남은 남유다마저 바빌론제국에 멸망하고 1차 디아스포라를 겪은 후 70여 년을 바빌론제국의 노예 생활을 하는 유대인들을 향해 하나님이 이사야 선지를 통해 준 계시의 말씀이다.

　즉 노예 생활의 참담함을 겪고 있는 유대인들에게 "옛날 일들은 잊고 과거에 얽매이지 말고 하나님을 믿고 의지하면 나 여호와가 새 일을 행하여 광야에 물들을 사막에 강들을 내어서 내 백성, 내가 택한 너희들에게 마시게 하겠다"라는 하나님의 약속의 말씀인 것이다.

지금 고통과 스트레스 속에 빠져 있는 진웅이에게 아버지가 편지를 써서 어떠한 말로 위로를 하고 격려를 해도 네 귀에 들려지지 않고 어쩌면 오히려 반발감만 더 생길 수 있다는 걸 아버지도 안다.

하지만 자식이 어느 순간이나 기간 동안의 고통과 아픔을 이겨내지 못하고 가려고 하던 길을 접으려고 하는데, 그냥 하고자 하는 대로 두고 보는 애비도 애비로서의 자격이 없는 게 아닐까?

최진웅! 다시 한번 진중하게 생각을 해 봐라.

네가 가고자 한 길이 아무나 가고자 하면 가는, 쉬운 길이더냐?

"나 의대 갈 거요." 하면 누구나 갈 수 있는 게 의대냐고?

아닐 거야? 전국에서 성적이 1퍼센트 이내에 들어야 그나마 갈 수 있을까 말까 하는 곳이 의대야.

근데 그걸 식은 죽 먹듯이 먹으려고?

그걸 고통 없이 압박감 없이 스트레스 안 받고 공부한다고?

그건 되지도 않고 있을 수도 없는 법이다.

그러려면 의대 및 6년제는 포기하고 군에 간다 생각하고 내려와.

그러면 아버지도 깨끗하게 포기할게.

그렇지 않고 적어도 6년제 이상 최고 의대를 간다고 생각한다면 버텨라.

하나님께서는 "견디지 못할 만큼의 시련은 너희에게 주지 않으마."라고 약속하신 분이다.

그러니 못 이겨 낼 시험과 시련은 없다.

금광석이 금gold이 되기까지 몇 번을 시뻘건 용광로에서 녹기를 반복해야 되는지 아나?

기본이 수십 번이다.

거기에 순도가 99퍼센트를 넘기는 순금이 되기 위해서는 불순물 제거를 위해서 또다시 시뻘건 불 속에서 녹기를 수차례 거듭해야 한다.

한낱 금덩어리를 만드는 데도 이 정도의 시련과 고통을 주어 단련을 시키는데 사람이 사람을 치료하는 의사가 되는 데 아무런 고통이 없이 될 것 같아?

천만의 말씀.

이보다 더한 고통이 어려움이 다가와도 감내하고 버텨 내고 인내할 줄 알아야 될 수 있다.

심약한 소리를 입 밖에 내지 마라.

말이 마음을 지배한다.

"나는 자신 있다."라는 말을 반복하여 되뇌면 없던 자신감도 생긴다.

그게 긍정의 힘이다.

무슨 일에 주눅들지 말아라. 돈이든 무엇이든.

매사에 당당해라. 그리고 떳떳해라.

내가 최선을 다하고 안 되면 그건 떳떳한 것이고 당당한 것이다.

그런데 피하고 도망가서 안 되면 그건 비굴해지면서 처참해지는 것이다.

그래서 아버지가 늘 하는 말이 "세상에 공짜 없으니 최선을 다해라."라는 말이다.

의기소침해하지 마라. 언제든지 의기양양해야 한다.

스스로를 그렇게 단련시켜라.

"나는 강하다.", "나는 당당하다."를 수시로 외처라.

그러면 이겨 낼 수 있다.

그게 사람이고 특히 남자다.

2020년 3월 27일에

대구에서 아버지가

SEASON 3

오수

첫 번째 편지

최진웅!

널 기숙 학원에 보내고 난 뒤 네가 힘들어하는 모습을 보고 '아버지가 되어서 아들에게 스트레스를 너무 많이 주는가?' 싶어서 편지를 쓰기도 그렇고 해서 주저주저했었다.

어제 네 엄마가 "진웅이가 전화로 아버지가 이제 편지를 안써 주시려나? 하면서 편지를 기다리는 것 같던데…"란, 이야기를 듣고 네게 힘과 용기를 주고 위로가 되었으면 해서 편지를 쓴다.

성경 말씀 고린도전서 9장 25~26절에 보면 "이기기를 다투는 자마다 모든 일에 절제하나니 저희가 썩을 면류관을 얻고자 하되 우리는 썩지 아니할 것을 얻고자 하노라. 그러므로 내가 달음질하기를 향방 없이 하는 것같이 아니하고 싸우기를 허공을 치는 것 같이 아니하여"라고 되어 있다.

세상의 모든 사람들이 그러하되 특히 스포츠나 중요한 시험을 앞둔 사람은 자기 절제가 우선이다.

그러나 그 자기 절제가 도를 지나치게 되면 몸에 이상이 오게 되고 오히려 그게 핸디캡이 되기도 한다.

그러니 자기 조절이 상당히 중요하다.

즉 일종의 마인드 컨트롤mind control이겠지.

아버진 힘들 때마다 성경 책을 폈다.

군 생활의 괴로움도 성경을 보며 이겨 냈고, 아무 친척도 없는 외롭고 추운 서울의 대학 생활도 힘들면 성경 책을 보고, 성경 말씀 중에 나보다 더 괴롭고 외롭고 힘든 또 추운 상황을 견뎌 낸 요셉이나 이삭 그리고 다윗이나 사사기의 기드온 같은 사람을 생각하며 그들이 이룬 나중의 창대함을 희망으로 버텼다.

그러니까 너도 나름의 스트레스 해소 방법을 적당한 범주 내에서 찾아야 할 것이다.

그래야 맑고 건강한 정신세계를 유지할 수가 있다.

최진웅!

말씀에 "내가 달음질하기를 향방 없이 하는 것같이 아니하고 싸우기를 허공을 치는 것같이 아니하여"라고 했다.

잘 생각해 보라.

달리기 선수가 방향 없이 달리거나 권투 선수가 허공에다 주먹질을 하면 그 선수는 이길 방법이 없다.

분명한 타깃target 즉 확실한 목표가 있어야 한다.

그래야 달리기 선수는 최단 거리를 최단의 시간에 주파할 수가 있고, 권투 선수는 정확히 상대의 약한 부분을 타격을 해야 상대를 넘어뜨릴 수가 있다.

이솝우화 중에 토끼와 거북이의 달리기 경주 이야기 알지?

일반적으로 거의 대부분 사람들은 중간에 토끼가 낮잠을 자서 진 걸로만 생각하고 마는데.

주안점을 바꾸어 생각해 보자.

토끼와 거북이의 목표를 보는 시각 차이.

토끼는 목표를 거북이로 본 거야.

그러다 보니 조금 달리니 거북이가 한참이나 뒤처져 오거든. 그러니 한숨 자고 가도 되겠다 하고 낮잠을 자는 바람에 결국은 경주에서 지는 거지.

반면에 거북이는 목표를 결승선으로 본거지.

그러니까 중간에 오다가 보니 토끼가 자고 있는데도 조금도 쉬지 않고 열심히 가서 결승선을 통과하고 경주에서 이기게 된다.

그러니 목표가 정확해야 한다.

그래야 최종 승리의 주역이 될 수 있다.

그리고 최진웅!
진짜 힘들면 아버진 이 성경 말씀을 자주 읽었다.

같은 고린도전서 10장 13절 말씀으로

"사람이 감당할 시험밖에는 너희에게 당한 것이 없나니 오직 하나님은 미쁘사 너희가 감당치 못할 시험당함을 허락치 아니하시고 시험 당할 즈음에 또한 피할 길을 내사 너희로 능히 감당하게 하시느니라"라고 하셨다.

즉 우리 주 하나님께서는 사람이 감당하지 못할 시험은 주지도 않으시며, 설사 그러한 시험이 닥치더라도 피할 길을 다 만들어 두신다는 말씀이다.

그러니 너무 염려나 걱정은 하지 말고 정확한 목표와 방향성을 가지고 일도매진一途邁進하면 된다.

열심히 해라.

2021년 8월 16일, 광복절 다음 날
대구에서 아버지가

두 번째 편지

C:

최진웅!

8월 23일이 처서處暑라서 그런지 광복절을 지나고 난 이후부터는 확실히 더위가 누그러진 게 밤엔 에어컨이나 선풍기가 없어도 견딜 수 있을 정도다.

한참 더웠던 8월 5~8일(아버지 휴가 기간)에는 집에 에어컨이 고장 나서 네 큰누나 학원에 가서 매트리스 깔고 에어컨 켜고 잤었는데 단 열흘 만에 이렇게 더위가 가라앉아 버리니….

절기의 확실함과 무서움을 다시 한번 느끼게 된다.

최진웅!

오늘은 아버지의 30대 이야기를 한번 해 보고자 한다.

아버지 나이 서른에 네 엄마를 선을 보고 만났다.

아버지가 한화그룹의 한화종합기계에 다닐 때인데 목사님 두 분이 중매를 서셨기에 해외 출장을 다니기 바빴고 대학원 논문 쓰기에도 시간이 부족했던 아버지는 양가에서 허락을 하면 결혼을 하 겠다고 했다.

그렇게 4월에 선을 보고 11월에 결혼을 했다.

그리고 그다음 해에 네 큰누나가 태어났고.

그런데 네 큰누나가 태어나자 네 엄마와 네 외가의 태도가 조금 씩 변해 갔다.

네 엄마도 자꾸 대구로 가자고 조르기 시작했고, 네 외할아버 지께서도 은근히 대구로 내려오라는 압박과 종용을 하시기 시작 했다.

"겉보리 서 말만 있어도 처가살이는 안 한다."라는 옛말을 빗대 어 버티긴 했다만 "처부모는 부모가 아니냐?"라고 우기며 닦달하 는 네 엄마 등살에 못 이겨, 대학 공부를 위해 올라와 살기 시작한 서울 생활을 10여 년 만에 접고, 평생 직장으로 여겼던 한화를 7 년 만에 그만두고 93년 아버지 나이 서른둘에 대구로 내려왔다.

내려와서 네 외가가 운영하던 고려인삼에 근무를 시작했는데 공 과 출신이라 경영에 대해선 전혀 아는 게 없어 업무 파악하는 데 만 두세 달을 허비했다.

그렇게 서너달이 지나니 회사의 경영 상태가 눈에 들어오기 시 작했다.

그런데 회사의 상황이 너무 엉망이었다.

전년도 상황을 파악해 보니 27억 매출에 7억을 부도 맞아 있 었다.

도저히 아버지 생각엔 회생을 시키지 못할 것 같아서 네 외할아버지께 회사를 정리하자고 했다.

그러면 나머지 재산은 지킬 수 있으니 지금이라도 정리하는 게 득이라고 수차례에 걸쳐 설명했다. 그리고 아버지는 다시 서울로 올라가면 한화에 복직할 수 있다고 하면서.

그랬더니 네 외할아버지께서 "내가 그래도 성대 경영학과를 나왔는데 경영은 내가 자네보다 더 잘 안다." 하시면서 더 이상 말을 꺼내지 못하게 했다.

네 엄마도 아버지 보고 "처갓집 재산 노리고 장가들었냐?"라고 윽박질렀고.

난 네 외가의 재산을 조금이라도 보전을 하는 방법이라고 생각하고 말씀을 드렸는데, 네 외가에선 아버지가 네 외가의 재산을 보존해서 유산으로 받을 생각인 것처럼 오해를 했던 모양이야.

그러거나 말거나 만약을 위해서 약국은 아버지가 우겨서 네 외할아버지 친구분의 명의로 이전했다.

그리고 아버진 서울 올라가는 걸 포기하고 어쨌든 회사를 살려보자고 최선을 다했다.

솔직히 눈만 뜨면 회사에 갔고 그리고 서울에서 내려온 이후 회사에서 월급 한 푼 받지 않고(받을 형편이 안 되었다.) 죽도록 일만 했다.

그런데 결국은 3년을 못 버티고 96년 아버지 나이 서른다섯에 부도가 났다. 그리고 네 외할아버지는 경제 사범으로 대구교도소에 수감이 되셨고 아버지는 신용 불량자가 되었다.

그후 약 1년을 부도난 회사의 뒤처리를 하느라 쫓아다녔고 무엇보다도 교도소에 계시는 네 외할아버지를 출소시키는 데 온 힘을 다 기울였다.

출소를 시키려면 당좌 수표를 회수해야 하는데 회수해야 할 당좌는 많고 채권으로 확보한 돈은 얼마 안 되고….

부족한 돈은 나중에 형편이 되면 갚겠노라 하고 회수를 하기도 하고, 약국을 담보로 매월 얼마씩 갚기로 하고 회수도 하고, 어떨 때는 밤새도록 그 사람들의 집 앞에서 사정사정을 하며 빌기도 했다.

그래서 6개월 만에 네 외할아버지는 출소를 하셨다.

그러나 그 많던 네 외가의 재산은 약국 이외에는 다 떨어져 나가고 없어졌다.

군위의 만 평 가까운 농장도. 의성의 공장도. 대구의 살던 아파트도 전부 다.

어느 정도 부도에 관련된 것을 정리하고 아버지도 아버지의 새 길을 찾아야 하겠기에, 서울에 올라가 새로운 일자리를 알아보았는데 97년도가 IMF에 들어가기 전의 해인지라 경기가 위축이 되어 대기업엔 들어갈 자리가 없었다.

겨우 현대엔지니어링이라는 데서 연락이 왔는데 계약직으로 중동에 3년을 갔다오면 정규직으로 전환을 해 주겠다고 했다.

그러나 아직 부도가 난 네 외가의 일이 정리가 완전히 되지 않은 상태라 갈 수가 없었다.

그러다가 우연히 신문에서 기술 인력을 모집한다는 한 중소기업의 광고를 보고 지원서를 제출했는데, 그게 요행히 구미에 공장이 있는 업체라 구미에서 근무한다고 하고 입사를 했다. 그게 97년 10월이었다.

성삼산업기계라고 구미 3차 단지에 있었는데 제법 탄탄했고 직원도 약 50명 정도라서 괜찮은 편이었다.

그러다 고객사인 오리온전기(당시 대우그룹 계열사였음)에 갔었는데 거기의 생산 기술팀의 배 모 대리가 아버지에게 컨베이어 베어링 conveyor bearing에 대해서 터무니없는 것으로 시비를 걸더라고.

그래서 다음날 베어링Bearing 수명 계산식을 설명하면서 계산서를 제출했다.

그런데도 계속 터무니없는 꼬투리를 잡으면서 시비를 거는 거라.

결국은 그 친구와 대판 한판 하고 나왔지(그때 싸움을 말리던 친구가 김재욱이라고 아직 아버지와 호형호제 하면서 잘 지내고 있다.).

그날 저녁에 아버진 혼자서 많은 생각을 했다.

한때는 한화에서 별명이 "부회장"이라고 불릴 정도로 장래를 촉망받던 아버지가 어쩌다가 구미에 있는 별 시덥잖은 친구에게도 이렇게 무시를 당하는 처지로 전락하게 되었는지?

네 엄마와 네 외가가 원망스럽기도 했고 아버지의 어리석음에 후회도 많이 했다.

그러나 네 엄마와의 결혼도 아버지가 선택했고 서울 생활을 접고 대구로 오기로 한 것도 모두 아버지가 결정했으니, 책임은 모두 아버지한테 있는 것이고 결과 또한 아버지가 감당해야 하는 몫이었다.

며칠을 고민하다가 어렵사리 결정을 내렸다.

대구에 가족들과 같이 있다간 이도저도 안 될 것 같으니 구미에 조그만 쪽방을 하나 얻어서 거기에서 기술사 공부를 하기로.

공고에서 대학을 가기로 마음먹고 죽어라고 공부했지만 동일계 추천을 못 받아 전문대에 갔고, 전문대에서 다시 오로지 편입만 바라보고 2년을 앞만 보고 공부에 매달렸던 그때처럼 또 편입 후 네 큰아버지께 조금이라도 등록금에 대한 부담을 덜어 드리고자 하루 두세 시간만 자고 공부했던 대학 때의 그 열정적이었던 기억을 살려 다시 한번 해 보자고.

잡초의 근성을 다시 한번 살려 보자고.

아버지가 마음먹고 들이대서 성공 못 한 적이 없으니 몸이 부서지는 한이 있더라도 한번 들이대 보자고.

건강과 머리 그리고 밀어붙이는 데는 자신이 있었기에 독하게 마음먹고 시작했다.

기술사라는 게 공과 계열의 국가 최고 자격증이다 보니 쉽지가 않았다.

특히 기계 계열은 학원도 없어서 마땅히 어떤 책을 봐야 할지 가르쳐 주는 데도 없었고.

시험 쳐서 시험 내용을 보고 모자라는 부분을 체크해서 서점에 가서 책 사서 보고 보충하고, 또 시험 치고 또 떨어지면 책 사서 보고 보충하고.

그렇게 2년을 했는데 될 듯 될 듯 안 됐다.

포기할까 하는 생각도 몇 번을 했다.

그러나 아버지의 자존심이 도저히 포기를 못 하게 했다.

"이번에 포기하면 나는 앞으로도 조금만 힘든 난관에 부닥치면 포기할 것 아닌가? 그러면 내 인생은? 내 아이들은? 걔들에게도 힘들면 포기하라고 가르칠 건가?"라는 경고음이 아버지의 머릿속을 울렸다.

그 생각으로 이를 악물고 끝까지 될 때까지 한다고 마음먹고 그대로 밀어붙였다.

그랬더니 2000년 4월에 드디어 기계기술사 1차 시험에 합격했다. 아버지 나이 서른아홉 때다.

그리고 2001년에 2차에 합격했고, 2003년에는 기계계열 중 다른 종목인 산업기계기술사도 취득을 했다.

또 2000년에는 아버지가 신용 불량자임을 핑계로 이런저런 이유를 들며 차별을 주던 성심산업기계를 떠나 지금 아버지가 대표이사를 맡고 있는 대구의 대명ENG로 옮겼고.

아마 아버지가 대명ENG로 옮기고 진웅이 돌잔치를 했을 거야.

최진웅!

아버지가 왜 아버지의 지난 이야기를 하느냐 하면, 아버지에게

30대는 참으로 험난한 길이었다.

다른 사람들은 30대에 미래를 위해 무언가를 배우고 실천하며 실력을 채워 나갈 시기인데 아버지는 뭔가에 쫓기듯 밀리듯 살았다. 그게 잘된 건지 잘못된 건지 모르겠지만.

지금 아버지에게 다시 그때로 돌아가면 어떻게 할 거냐고 물으면 확실히 이렇게 하겠다고 답을 내놓지는 못할 것 같다.

그러나 경험상 "궁즉통窮即通"이고 "당하면 또 모두 다한다."라는 말은 해 줄 수 있을 것 같다.

그리고 "어떠한 난관이 와도 자기의 자존감은 잃지 마라."라는 말은 꼭 해 주고 싶다.

아버지가 만약에 구미에서 오리온전기의 배 모 대리와 싸우고 난 뒤 그냥 속상해하고만 말았다면 오늘날의 아버지는 없었을 거야.

아마 그냥 거기에 안주하고 이것도 사람이 살아가는 방법이려니 했을 수도 있지 않겠어?

아버진 그래도 자존감을 버리지 않았고 또 자신감도 버리지 않았다.

게다가 포기는 더더욱 안 했고.

아버진 대명ENG에 와서도 열심히 일했다.

네 엄마가 "위씨 집안에 양자로 갔느냐?"라고 할 정도로.

10년을 그렇게 열심히 했더니 누구보다도 빨리 대표이사가 되었고, 또 그 후에도 열심히 4~5년을 했더니 아버지가 대명ENG에서 대표이사를 맡은 지 10년이 되었고, 지금은 어느 누구도 아버지를 무시하지 않는다.

그래서 최진웅!

아버지가 늘 "세상에 공짜는 없다."라는 말을 하는 것이다.

진짜 세상에 공짜 없다. 딱 자기가 한 만큼 노력하고 수고한 만큼 얻어진다.

공부든 일이든 뭐든!

최진웅!

네가 분명 아버지 아들이라면 반드시 네게도 잡초의 근성이 살아 있고 또 어떠한 어려운 난관이나 시련이 닥쳐도 버티고 이겨 낼 유전인자가 존재한다.

그러니 자존심을 꼿꼿이 세우고 자신감을 가지고 포기하지 말고 끝까지 최선의 노력을 다하는 내 아들이 되어 주기를 바란다.

2021년 8월 20일
대구에서 아버지가

세 번째 편지

☾

최진웅!

12호 태풍 오마이스가 지나가면서 비를 잔뜩 뿌리고 간 데다 어제까지 추적추적 비가 오더니 오늘도 여전히 비가 오는 것이 영 개운치 않은 모양새다.

그래도 늦장마처럼 일주일 내내 비가 올 거라던 기상청 예보가 태풍으로 인해서 전선이 북으로 밀려난 이유인지 모르지만, 모레부터 맑은 날씨일 거라고 하니 태풍도 영 나쁘지만은 않은 것 같다.

모르지 9월 초에 다시 장마 전선이 내려와 늦장마가 시작될지?

8월도 이제 25일이니 거의 다 지나간 것 같다.

최진웅!

지난 일요일에 회사의 임원진들과 골프를 치고 난 후 청도에 갔었다.

비가 잔뜩 온 뒤의 더위라 후텁지근해서 일은 못 하겠고 차를 몰고 다니다 카페 버던트Verdent에나 가서 커피도 한잔하고 더위도 좀 식힐까? 하고 가는데 그곳이 봉답이라는 지명을 가진 것과 예전에 진웅이하고 작은 추억이 떠올라 한참을 차 안에 있었다.

봉답이란 게 원래 빗물만 가지고 농사를 짓는 논으로 따지고 보면 천수답과 같은데 겨울이면 아무 농사도 안 되기 때문에 아버지가 어릴 때는 가을부터 겨울 내내 동네 아이들의 놀이터고 연 날리는 장소였다.

버던트 맞은편에 있는 산이 공동산이니까 공동산에서 양원 동네 쪽으로 펼쳐져 있는 들판을 말한다.

팔조령에서 내려오는 북서풍을 등지고 맞은편 공동산을 보고 연을 띄우면 제법 높은 곳까지 연을 날려 올릴 수가 있었다.

진웅이가 기억을 하려는지 모르겠다만 그때도 초겨울, 즉 12월 초쯤 되었을 거라고 생각한다.

진웅이가 초등학교 입학 전해인지 1학년 때인지 아리송하다만 아버지가 가오리연을 만들어서 그곳에서 연을 날리게 해 준 적이 있을 거야.

적당한 높이로 연을 날리고 어느 정도 놀았다 싶을 때 날씨도 쌀쌀하고 해서 아버지가 네게 "원래 연은 날려 보내는 거야." 하고 연줄을 잘라 날려 보내자, 네가 울고불고 "내 연 내놔!"라고 난리법석을 떤 적이 있는데 네가 기억을 할는지 모르겠다.

최진웅!

연을 한번 생각해 보자.

연은 바람을 맞아야 뜰 수가 있다.

그리고 뜨고 나면 주인이 쥔 줄에 의지하여 이리 끌려가기도 하고 저리 끌려가기도 한다.

그리고 실타래를 풀면 낮게 주인에게서 멀리 갔다가 실타래를 감으면 주인 곁으로 오면서 높이 뜬다.

그러니까 연은 주인이 쥔 줄에 생명을 의지하여 날고 있는 것이다.

그러한 연이 "나는 자유롭게 살고 싶어."라면서 연줄을 끊어 버리게 되면 주인으로부터는 자유로울 수 있을지는 모르지만 하늘 높이 나르는 연 본연의 할 일은 잃어버리고 하늘을 빙글빙글 돌다가 땅에 떨어져 온몸이 부서지거나 나무에 걸려 온몸이 찢어지게 되어 다시는 날지 못하게 된다.

즉 자유를 추구하다가 본인의 사명과 생명을 잃어버리는 우를 범할 수가 있다는 것이다.

최진웅!

너무 자유를 추구하지 마라.

어떨 땐 매여 있음이 축복이고 행복일 수 있다.

지금 진웅이가 새로운, 지금보다 나은 내일을 위하여 구속을 받고 속박의 구렁텅이에 빠진 것같이 보이고 갑갑하고 답답하여 앞이 안 보일지는 모르겠다만 그게 네게 무한 영광을 안겨줄 축복의 통로인 줄 누가 알 수 있겠나?

네가 그 길을 통과해야만 새로운 소명과 사명이 주어지고 영광의 면류관을 쓸 수 있다면, 다소 바람에 흔들리기는 하지만 생명줄인 연줄을 의지하고 굳건히 생명을 유지하며 하늘을 누벼야 하지 않을까?

그리고 늦여름 건강 잘 챙겨라.

2021년 8월 25일
대구에서 아버지가

네 번째 편지

최진웅!

태풍이 지나가고 나면 날이 개이리라 생각했는데 오전엔 비가 왔다가 오후엔 개고 또는 반대로 오전엔 해가 떴다가 오후엔 비가 오는 것을 반복하는 희한한 날들이 계속되고 있다.

8월 말에 장마라.

추수가 코앞인데 농사에는 별로 안 좋겠지만 더위를 많이 타는 아버지에겐 늦더위를 무난히 넘기게 해 주어 과히 나쁘지는 않은 것 같다.

오늘이 8월의 마지막 날이다.

최진웅!

아버지가 출근을 하다가 CBS 라디오에서 나오는 캠페인을 듣고 '참으로 그 말이 옳다.'는 생각이 들어 네게 전해 주려고 한다.

대구에 있는 어느 대학교 총장님의 말씀인데,

"금방 싹을 틔운 나무가 숲의 거목이 될 수는 없다. 따뜻한 햇볕도 쬐야 하지만 모진 비바람과 눈보라를 오랜 세월 견디고 이겨 내야 숲의 거목이 될 수가 있다."라는 것이다.

맞는 말이다.

아무리 특이한 나무도 금방 싹을 틔운 게 아름드리 큰 재목이 될 수는 없다.

사람도 마찬가지 갓 태어난 아이가 위대한 정치인이나 철학자, 과학자가 될 수 없다.

그리고 순탄한 길만 걸은 사람이 후세에 길이 남을 인물이 된 사람도 거의 없다.

노예 해방을 시키고 미국인의 존경을 한 몸에 받는 에이브러햄 링컨 대통령도 2차 세계대전을 종식시키고 뉴딜 정책으로 유명한 프랭클린 루즈벨트 대통령도 영국의 윈스턴 처칠 수상도 수많은 좌절 끝에 위대한 업적을 남기는 정치인이 되었고 페니실린을 찾아내 항생제의 문을 연 알렉산더 플레밍도 수많은 실패와 좌절 끝에도 포기하지 않고 연구하여 푸른 곰팡이에서 페니실린을 찾아냈고 그리고 당대 최고의 발명가라고 하는 에디슨도 수많은 실패 끝에 하나의 발명품을 만들어 내는 사람이었다.

오죽하면 "성공은 99퍼센트의 노력과 1퍼센트의 영감으로 얻어진다."라고 했을까?

그러면 공자는?

노나라에서 태어나 인仁의 정치를 하려다 안 되니 중국 천하를

주유하면서 사상을 전하고 논하고 다니다

때로는 굶주려 죽을 뻔하기도 하고 또 어떤 나라에선 잡혀 죽을 고비도 몇 번을 넘기지만 후대에는 중국, 아니 아시아 최고의 철학자로 사상가로 추앙을 받고 있잖아?

심지어 유교라 해서 종교의 형태로 발전하기도 하고.

역사의 한 페이지를 장식한 나름 위대하다고 할 인물들도 그 면면을 자세히 살펴보면 이처럼 수많은 고초와 난관을 은근과 끈기로 인내하면서 자신만의 사명과 소명 의식에 의지하여 처절하게 싸워 이긴 승리자란 사실을 알 수 있다.

성경 말씀에도 야고보서 1장 2절에 보면 "내 형제들아 너희가 여러 가지 시험을 만나거든 온전히 기쁘게 여기라 이는 너희 믿음의 시련이 인내를 만들어 내는 줄 너희가 앎이라 인내를 온전히 이루라 이는 너희로 온전하고 구비하여 조금도 부족함이 없게 하려 함이라"라고 적고 있으며, 이어서 12절에는 "시험을 참는 자는 복이 있도다 이것에 옳다 인정하심을 주께서 자기를 사랑하는 자들에게 약속하신 생명의 면류관을 얻을 것임이니라"라고 적고 있다.

그러니 최진웅!

너무 급박하게 서두르지도 말고 초조해하지도 마라.

지금의 이 시련과 난관을 이겨 내고야 만다는 확고한 의지와 신념을 가지고 버티고 밀어 붙이면 된다.

안 된다는 생각은 절대로 하지 마라. 그게 너의 족쇄가 된다.

하면 된다. 다른 사람은 몰라도 나는 하면 된다, 하는 확고한 신념과 자신감을 가져라.

네가 아버지의 아들이기에 네게도 분명히 잡초의 근성이라는 유전 인자가 있다.

밟으면 밟을수록 더 빳빳하게 일어서고 솟아오르고자 하는 잡초의 근성이.

그리고 힘들면 기도해라.

"버티고 이길 수 있는 힘과 용기 그리고 지혜를 주십시오." 하고.

그리고 "이기고 승리한다면 모든 영광 여호와 하나님께 드리겠습니다."라고.

그러면 네게 모든 걸 주시고자 하는 여호와 하나님께서 너와 함께 하며 너의 순간순간을 지키시며 네가 힘들 때에 차고 넘치는 힘과 용기 그리고 지혜를 주실 거다.

너 자신을 믿고!

여호와 하나님을 믿고!

더 힘차게 밀고 나가라!

2021년 8월 31일

대구에서 아버지가

다섯 번째 편지

최진웅!

9월도 첫 주를 넘기고 있다.

하루하루 가는 시간에 초조와 긴장으로 네 마음이 순간순간 헝클어져 덜렁대고 있는 것은 아니겠지?

9월 1일에 마지막 평가인 9평도 친 것으로 아는데.

지금까지 아버지가 늘 한 얘기지만 일희일비一喜一悲하지 마라.

최종 승리자가 이기는 것이니까 최종 결과가 나올 때까지 최선을 다하고 네 열정을 쏟아부으면 된다.

어쨌건 점차 여름이 가을로 위치 이동을 하고 있는 것 같다.

최진웅!

이번 9평에 재수생 이상의 N수생 수험자가 전년도보다 30퍼센트가 늘었다는 기사를 신문에서 읽었다.

전체 수험생 41만 명 중에서 6만~7만 명 정도가 N수생이라고 한다.

그만큼 올해 PEET 시험이 없어지고 약학대생을 학부에서 선발한다는 것이 수험생들에게 영향을 미쳤고 기대치를 크게 올려 놓은 것 같다.

1,700여 명에 해당하는 약학대생의 숫자가 적은 것은 절대 아니다.

아버지가 조사한 바에 의하면 22학년도 의대, 치대, 한의대, 수의대, 약대 정원이 아래 표와 같다.

구분	수시	정시	합계
의대	1,808	1,205	3,013
치대	359	272	631
한의대	426	298	724
수의대	307	190	497
약대	945	768	1,713
총계	3,845	2,733	6,578

이렇게 보면 2021년까지 4,865명이던 이과생들의 노른자위라 할 수 있는 '의·치·한·수'에 약학대가 포함되어 '의·치·한·수·약'이 되면서 무려 35퍼센트 정도의 노른자위의 자리가 늘어난 셈이 된다.

그러니 너도 나도 수능을 다시 쳐 보려고 할 수밖에.

그렇다고 최진웅! 너무 쫄지 마라.

아버지가 수차례에 걸쳐 이야기했제.

이스라엘 민족이 출애굽을 하고 40년 고난과 시험의 광야 생활을 마치고 가나안 땅을 목전에 두고 출애굽해서 지금까지 이스라엘 민족을 이끌어 오던 민족의 지도자이자 하나님과의 소통 통로였던 모세가 죽어 버리자 패닉 상태에 빠져 있던 이스라엘 민족을 여호와 하나님께서는 다시 힘을 주시며 여호수아에게 "너는 이 모든 백성으로 더불어 일어나 이 요단강을 건너 내가 그들 곧 이스라엘 자손에게 주는 땅으로 가라 내가 모세에게 말한 바와 같이 무릇 너희 발바닥으로 밟는 곳은 내가 다 너희에게 주었노니… 마음을 강하게 하고 담대히 하라 두려워 말며 놀라지 말라 네가 어디로 가든지 네 하나님 나 여호와가 함께하느니라"

그러니 너도 염려하거나 두려워할 필요가 없다.

네가 가고자 하는 길을 그대로 좌고우면左顧右眄하지 않고 굳건히 가면 네게 주시기를 즐겨 하시는 네 하나님이자 나(아버지)의 하나님인 여호와께서 너와 함께하시고 너의 마음을 안정시키시고 평안히 해 주실 거다.

그러니 믿고 담대히 가라.

예수님께서는 우리에게 "너희가 만일 믿음이 한 겨자씨만큼만 있으면 이 산을 명하여 여기서 저기로 옮기라 하여도 옮길 것이요 또 너희가 못 할 것이 없으리라"라고 하셨다.

최진웅!

겨자씨가 얼마만 한지 본 적이 없으니 모르지?

아마 참깨는 많이 먹어 봤으니 본 적도 있고 그 크기도 알 거다.

겨자씨는 참깨의 약 20분의 1 정도의 크기다. 거의 눈에 보일동 말동 하는 크기다.

그 정도의 믿음. 나 자신에 대한 신뢰 그리고 의지만 있으면 하나님께서 같이하시고 이루어 준다는데,

겁날 게 무어가 있어.

과감히 들이대 보고 도전해 보는 거지?

까짓것 죽기밖에 더 하겠어!

이런 배짱!

필요하다. 지금은.

힘내라! 최진웅!

2021년 9월 4일

대구에서 아버지가

여섯 번째 편지

☪

최진웅!

9월 7일 화요일에 코로나19COVID-19의 2차 접종을 받고 나니 몸 상태가 별로 안 좋네?

듣기에 모더나가 2차 접종 후에 아픈 증상이 많아 나타난다고는 하더라만은 내일 너희 조부모님 산소에 벌초를 하기로 네 큰아버지와 약속을 해 놔서….

그렇다고 너무 걱정은 하지 마라. 그리 많이 아픈 게 아니고 몸이 좀 찌뿌드드하다고 해야 하나?

그 정도니까 벌초한다고 예초기 메고 몇 번 움직이면 괜찮을 것이야.

최진웅!

지난 주 토요일에 네 엄마한테 들으니 9월 모평을 잘 치렀다며?

잘 못 치렀다는 것보다 기분은 좋더라만은 네가 또 너무 붕 떠서 기고만장해질까 염려되는 것 또한 사실이다.

"교자필패驕者必敗 애자필승哀者必勝"이란 말이 있다.

"교만한 자는 반드시 패하고 안타까워하고 애처로워하는 자는 반드시 이긴다."라는 말이다.

지금 같은 시기에 진웅이가 한 번쯤 잘 새겨 볼 만한 말이라 생각한다.

성경 말씀에도 구약의 역대하 14~15장에 아사왕에 대한 이야기가 나온다.

이스라엘 민족이 솔로몬왕 때 가한 과한 세금 문제로 그의 사후에 북이스라엘과 남유다 2개의 왕국으로 갈라진 건 너도 여러 차례 들어서 알고 있을 것이다.

아사왕의 계보는 솔로몬왕 → 르호보암왕(솔로몬왕의 아들) → 아비야왕 → 아사왕 이렇게 된다.

사실 알고 보면 이스라엘에 이방 종교가 가장 많이 전파되게 한 왕은 우리가 지혜의 왕이라고 칭송하는 솔로몬왕이다. 그가 당시의 국제 정세에서 평화와 안정을 찾기 위해서 취한 정책이 혼인 정책이다 보니 주변의 이방 왕족의 여자가 왕비로 오면서 이방 종교를 가지고 와 퍼지기 시작한 게 큰 원인으로 작용했다.

그런데 솔로몬왕의 증손자인 아사왕이 그러한 이방 종교의 신전과 목상 등을 다 훼파하고 백성들에게 하나님 여호와에 돌아오게 하고 갈구하게 하며 그 율법과 명령을 행하게 한다.

그렇게 함으로 인해 하나님께서 남유다에게 10년간의 평안을 주시고 국력을 회복케 하신다.

그러한 때에 구스왕 세라가 100만 대군을 이끌고 남유다를 치러 오는데 이때의 남유다 군사의 수는 유다 민족이 30만, 베냐민 민족이 28만, 합해서 58만밖에 되지 않는다.

그러자 아사왕이,

"여호와여 강한 자와 약한 자 사이에는 주밖에 도와줄 이가 없으니 우리 하나님 여호와여 우리를 도우소서 우리가 주를 의지하오며 주의 이름을 의탁하옵고 이 많은 무리를 치러 왔나이다 여호와여 주는 우리 하나님이시오니 원컨대 사람으로 주를 이기지 못하게 하옵소서 하며 기도하고 나가서 싸워 구스사람이 살아남은 자가 없을 정도로 대승을 거둔다 이렇게 대승을 거두고 돌아오는 아사왕에게 여호와 하나님께서는 오뎃의 아들 아사랴를 보내어 아사와 및 유다와 베냐민의 무리들아. 내 말을 들으라 너희가 여호와와 함께하면 여호와께서 너희와 함께하실지라 너희가 만일 저를 찾으면 저가 너희를 만난 바 되시려니와 너희가 만일 저를 버리면 저도 너희를 버리시리라" 하고 경계의 말씀을 전한다.

즉 하나님께서는 선지자를 보내 교만하지 말고 더욱더 하나님께 나아가기를 힘쓰라고 하신다.

막 전쟁에서 이기고 들뜨고 기분이 최고로 업up되어 남이 뭐라

해도 들리지 않고 "내가 100만 대군을 물리친 이스라엘의 왕이다. 나 같은 사람 있으면 나와 보라 그래!" 하고 방방 뜨기 쉽고 세상에서 제가 제일인 줄 알고 상대를 우습게 여기며 전쟁을 이기게 해 주신 여호와 하나님도 까맣게 잊고 제 잘난 척하기가 쉬운 게 사람인데….

그런데 아사왕은 교만해지지 않고 말씀대로 마음을 강하게 하고 가증한 물건들을 유다와 베냐민 온 땅에서 제하고 또 여호와의 단을 중수하는 등 하나님과 함께 하기를 더욱 힘쓴다.

심지어 그의 태후(아사의 어머니)가 아세라 목상을 만들었을 때 아사왕이 태후의 위를 폐하고 목상을 찍고 빻아서 기드론 강에 뿌리기까지 한다.

너도 영화나 드라마에서 봤겠지만 왕가에서 태후 즉 어머니의 파워power를 이기기란 무척 힘들다.

어머니를 둘러싼 외척들의 권세가 대단하기 때문에 이를 상대한다는 것은 웬만한 각오가 아니면 이길 수도 없고 자칫하면 역풍을 맞아 왕의 자리에서 쫓겨날 수도 있다.

그만큼 아사왕은 교만하지 않고 더욱 철저히 하나님과 함께하기에 힘썼다고 볼 수 있다.

그 결과를 말씀에는,

"이스라엘 사람들이 아사의 하나님 여호와께서 그와 함께하심을 보고 아사에게로 돌아오는 자가 많았음이더라"라고 적고 있고 그 다음에 "아사의 마음이 일평생 온전하였더라"라고 적혀 있다.

그러니 최진웅!

9월 모평을 잘 치렀다고 우쭐할 필요도 으스댈 필요도 없다.

네 진정한 실력은 11월에 치를 수능에서 보여야 할 것이기 때문에 아사왕처럼 한 번의 승리에 도취되지 않고 더욱 분발하여 여호와 하나님께 다가가고 함께하기를 힘쓴 바와 같이 더욱더 전력을 다해 앞으로 나아가야 할 것이다.

이제 자존감도 생겼을 것이고 자신감 또한 붙었을 터.

더욱더 노력하고 분발하는 내 아들이기를 바란다.

2021년 9월 10일

대구에서 아버지가

일곱 번째 편지

☾

최진웅!

9월 11일에 벌초를 했는데 잘 안 오시던 네 대백부(큰큰아버지)까지 오셔서 간만에 아버지 4형제가 다 모여서 벌초를 했다.

게다가 네 작은큰아버지(아버지 바로 위)가 네 종형(사촌형: 파이낸셜 뉴스에 기자로 근무 중)이 결혼한다는 좋은 소식(신부는 연세대를 나와서 『문화일보』에서 기자를 하고 있다 함)을 전하면서 점심을 사시는 바람에 매 벌초 때마다 아버지가 사던 점심값이 굳어지는 아주 바람직한 현상이 발생해서 아버지 은행 잔고가 조금 여유가 생기지 않을까 적이 걱정이 되었다.

아무튼 벌초도 잘 마쳤고 네 엄마가 청도 밭에 심어 놓은 수박도 한 덩이씩 큰아버지들께 나누어 줘서 마무리까지 잘한 것 같다.

최진웅!

16세기 초 일본 전국시대 때 오다 노부나가란 걸출한 인물이 있었다.

전국시대의 일본을 거의 통일의 막바지까지 가져다 놓고 당시 일본의 수도였던 교토 근처의 혼노지에서 살해를 당하기 전까진 당대 일본의 최고의 인물이었고 실력자였다.

참고로 1592년 임진왜란을 일으킨 도요토미 히데요시도 노부나가의 말단 무사로 그의 신발을 나르던 사람이었는데 꾀가 많아 노부나가의 눈에 들어 고속 승진해서 나중엔 노부나가가家의 2인자가 된다. 그래서 노부나가가 이루어 놓은 대업에 숟가락만 얹어서 일본을 통째로 삼킨다.

그래서 아직도 혼노지의 사건은 토요토미의 계략이라는 설이 많다.

어쨌든 오다 노부나가가 오케하지마 전투에서 적장 이마카와 요시모토를 격파하고 그가 쓰던 칼을 전리품으로 획득한다.

요시모토가 쓰던 칼은 당시 천하에 이름난 명검이었다.

요시모토의 칼을 이리저리 감회 깊게 살펴보던 노부나가는 부관을 불러 "이 칼을 4치 5푼 끊어 내고 다시 갈아오라."라고 명한다.

그러자 주위의 장수들이 "명검은 그렇게 하면 망가집니다." 하며 극구 말린다.

그러자 노부나가는 이렇게 말한다.

"칼의 효용은 칼을 휘두르는 주인의 목숨을 지켜 주는 데에 있다. 칼이 너무 크고 무거워서 몸에 맞지 않아 체력을 소모시켜 주인이 목숨을 잃게 되면 이는 명검이 아니다."라고 한다.

그렇다.

노부나가는 중요한 것은 명검이라는 그럴듯한 유명세가 아니라는 것을 알고 있었다.

그는 자신의 상황에 맞는 칼의 쓰임새에 집중을 한 것이다.

어디까지나 자신이 중심이며 칼은 도구에 불과하다는 것을, 그리고 명검이라는 명성에 혹해서 자신의 몸에 맞지 않는 칼을 휘두르다가는 스스로 위험에 빠뜨릴 수 있다는 사실을 정확하게 알고 있었던 것이다.

최진웅!

수능이 이제 두 달 정도 남은 것 같다.

진웅이도 장수생이라 잘 알고 있겠지만 아버지가 노파심에서 노부나가의 예를 들어 본다.

남들이 그럴듯한 말로 수능 100일 전략, 수능 60일 전략 등을 이야기하며 그때는 그렇게 해야 했고 이때부터는 이렇게 해야 한다는 등의 구구절절 말들이 많은데 거기에 귀 기울일 필요 없다.

네 방식대로

네 체력과 전략에 맞게

잘 맞추어 최선의 노력을 다하면 된다.

명품이라 해서 다 내 몸에 안 맞듯이 아무리 좋은 수능 전략이라도 내게 안 맞으면 다 헛방이다.

참고만 하고 모든 건 네게 맞게 해라.

오히려 네 경험이 실전에 더 빛을 발할지 모른다.

P.S. 20일에 휴가 나온다는 말을 들었다.

집에 가서는 쉬어야지 생각하지 말고 마지막 시간까지 긴장의 끈을 놓지 않도록 해라.

2021년 9월 17일

대구에서 아버지가

여덟 번째 편지

최진웅!

휴가를 왔다가 가면 선뜻 손에 책이 잘 안 잡힐 것이다.

아버지도 군 생활을 할 때 휴가를 왔다가 귀대를 하면 그랬거든.

뭔가 어색하고 적응이 잘 안되는 것 같고 자꾸 집 생각이 나고 뭔가가 부족하고 편하지 않은….

그런데 적응은 해야 하니 불편하기 짝이 없는….

그게 한 이틀은 지나야 정상적인 생활로 돌아갈 수가 있었던 것 같다.

휴가 기간이 길면 길수록 더 했고 휴가를 편하게 잘 보내고 귀대를 했으면 그 후유증이 더 길었던 것 같다.

복귀를 해서 빨리 적응을 하는 것도 그 사람의 능력이다.

빨리 적응해서 페이스를 잘 조절해 휴가 전과 같이 피치를 얼마만큼 빨리 끌어올리느냐에 따라 승패의 향방이 가려질 수 있다.

그러니 빨리 네 페이스를 찾고 피치를 올릴 수 있기를 바란다.

지금쯤 적응해서 피치를 올리고 있는데 아버지의 괜한 노파심인지 모르겠다.

최진웅!
『한비자』의 「안위」 편에 보면 이런 글이 있다.

옛날에 편작이 병을 치료할 때는 칼로 뼈를 찔렀고 성인이 위기에 빠진 나라를 구할 때는 충언으로 군주의 귀에 거슬리게 했다고 한다.

뼈를 찔렀으니 몸에 통증은 있지만 오래도록 이로움이 있었고, 귀에 거슬리는 말을 했으므로 마음에 반감은 조금 있었지만 나라에는 오래도록 복이 있게 되었다.

그러므로 심한 병에 걸린 사람은 통증을 참아야 이롭고 용맹하고 강한 군주는 귀에 거슬리는 것이 있어야 복이다.

통증을 참아 냈기에 편작이 자기 의술을 다 펼쳤고, 군주가 귀에 거슬리는 것을 참았기 때문에 오자서(오왕 합려를 도와 손무와 함께 월나라를 정복한 오나라의 충신이다. 합려의 아들 부차가 간신 백비와 월나라 구천이 보낸 절세미녀 서시의 꾐에 빠져 그를 죽인다, 그로 인해 결국 오나라는 망한다, 원래 오자서는 초나라 사람이었다.)는 충언을 할 수 있었다.

이것이 몸이 오래 살고 나라가 평안해지는 방법이다.

질병이 있는데도 고통을 참지 못한다면 의술이 효과를 잃게 될 것이고, 나라가 위태로운데도 귀에 거슬리는 말을 피한다면 성인의 뜻을 잃게 될 것이다.

즉 이 말은 고통을 참고 이겨 내고 쓴 말을 듣고도 견뎌내어야 몸도 살고 나라도 산다는 것이다.

결국은 우리가 원하는 얻고자 하는 것에 접근을 하려면 인내와 끈기로 어떠한 질고疾苦도 참고 견디고 이겨 내야만 된다는 것이다.

그게 동서고금을 막론한 진실인 것이다(한비자는 전국시대 말 한나라의 공자로 법치주의를 주창한 사람이다, 동양의 마키아벨리라고도 한다, 나중에 동문수학한 진나라 이사의 모함을 받아 죽는다.).

그러니 최진웅!

지금의 그 고통이 힘들다고 생각하지 말고 거쳐 가는 한 과정이라고 생각해라.

그리고 감내하는 것을 즐겨라.

그게 네가 이기고 승리하는 방법이다.

2021년 9월 25일
대구에서 아버지가

아홉 번째 편지

최진웅!

추석을 보내고 나니 이내 10월이구나!

하루하루 가는 것은 더디게 가는 것 같은데 일주일은 금방 가는 것 같은 게 월요일을 넘기고 나면 벌써 금요일이 되어 있으니 이게 무슨 조환지 모르겠다.

시간이 가는 속도는 나이 먹은 숫자와 같이 간다고 하더니 '벌써 시속 60킬로미터로 세월을 달리나?' 싶다.

최진웅!

하나님의 말씀 여호수아서 24장에 보면 여호와 하나님의 명령으로 가나안 정복전쟁을 승리로 이끈 여호수아가 늙어 이스라엘의 모든 지파를 세겜에 모으고 이스라엘 민족에게 당부의 말을 남긴다(세겜은 아브라함이 하란을 떠나 가나안으로 들어갔을 때 처음으로 여호와께서 나타나 이 땅을 네 후손에게 주마고 약속하셨고 이에 아브라함이 단을 쌓은 곳이다. 그리고 야곱이 세겜 족장 하몰의 아들들에게서 은 100개를 주고 산 땅이다. 이스라엘 민족은 큰 일이 있을 때마다 이 세겜 땅에 모이는 것을 즐겨하는 것을 성경에서 많이 볼 수 있다.).

"그러므로 이제는 여호와를 경외하여 성실과 진정으로 그를 섬길 것이라 너희의 열조가 강 저편과 애굽에서 섬기던 신들을 제하여 버리고 여호와만 섬기라 만일 여호와를 섬기는 것이 너희에게 좋지 않게 보이거든 너희 열조가 강 저편에서 섬기던 신이든지 혹 너희가 거하는 땅 아모리 사람의 신이든지 너희 섬길자를 오늘 택하라 오직 나와 내 집은 여호와를 섬기겠노라"라고 여호수아가 이스라엘의 모든 지파와 장로에게 말한다.

그러면 최진웅 잘 생각해 봐라.

여호수아가 "오직 나와 내 집은 여호와를 섬기겠노라"라고 한 걸 보면 앞에 있는 말대로 이스라엘 민족 중 상당히 많은 사람들이 여호수아의 말대로 강 저편과 애굽에서 섬기던 신들을 믿고 있었다는 말이 된다(여기서 강은 요단강을 말하고 강 저편은 가나안 땅에 들어오기 전이란 뜻이다.).

즉 겉으로는 여호와 하나님을 믿는 척하며 집 안에는 강 저편과 애굽에서 섬기던 신들을 숨겨 놓고 믿는 그런 이중적인 생활을 해 왔던 것을 미루어 짐작을 할 수 있다.

왜 그럴까? 왜 그랬을까?

출애굽 이후에 홍해가 갈라지는 기적도 봤고 바위에서 샘물이 나서 모든 이스라엘 민족이 마시는 체험도 했고 또 매일 아침 만나manna를 주시고 게다가 고기를 먹고 싶다고 투정을 부리면 메추라기로 고기 맛도 보게 해 주시고 더불어 밤이면 불기둥, 낮이면 구름기둥으로 길도 안내해 주시고….

아버지가 성경 말씀을 읽으면서 제일 신기했던 게 40년 광야 생활을 했는데도 옷이 헤어지지 않았다고 하니 이건 기적이 아니고 하나님이 아니면 하실 수 없는 일이야.

이런 엄청난 기적과 불가사의한 일들을 몸으로 느끼고 눈으로 본 이스라엘 민족이?

그리고 모세 사후 여호수아가 이스라엘 민족이 이끌 때는?

법궤가 요단강에 서 있을 동안 요단강 물이 말라 이스라엘 민족이 강을 건너 갔고 여리고 성을 칠 때에는 침묵으로 엿새를 돌고 마지막 날에 나팔을 불고 함성을 질러 성이 무너지는 걸 체험했으며 무기 하나 제대로 없는 이스라엘 민족이 파죽으로 연전연승해서 각 지파의 지분대로 가나안 땅을 차지했으면 말 안해도 엎드려 절하며 감사, 감사하면서 여호와 하나님을 믿어야지!

근데도 이방신을 믿어?

그것도 이스라엘 민족이?

그많은 하나님의 능력을 보고 체험을 했으면서도?

최진웅!

다시 한번 왜 그럴까? 왜 그랬을까? 생각해 보자.

아버지가 많은 묵상을 해 보고 얻은 결론은 강한 신념과 절대적인 믿음(확신)이 없었기 때문이다.

여호와 하나님에 대한 절대적인 믿음이 없었기 때문에 인간의 나약함으로 인해 집 한쪽 귀퉁이에 이방신의 신상을 두고 있었던 것이다.

그러니 최진웅!

강한 신념과 절대적인 믿음이 있어야 한다.

강한 신념과 절대적인 믿음!

최진웅 너 자신과 여호와 하나님에 대한 강한 신념과 절대적인 믿음!

"오직 나와 내 집은 여호와를 섬기겠노라"라고 강한 신념과 절대적인 믿음을 보여 준 여호수아처럼

지금 이시기의 최진웅에게는

절대적으로 필요하다.

2021년 10월 2일

대구에서 아버지가

열 번째 편지

최진웅!

가을이 점차 깊어져 가나 했더니 날씨는 오히려 더워지고 있고 모기는 더욱더 기승을 부리는구나.

10월도 중순을 향해 가고 있다.

아버진 백신 2차 접종을 완료했기에 오래간만에 경기 쪽에 있는 고객사들을 방문을 했다.

수시로 전화 통화는 했지만 하도 오랜만에 얼굴을 맞대고 이야기를 하니까 좋기도 하였으나 약간 계면쩍은 부분이 없지도 않았다.

최진웅!

하나님 말씀 여호수아서 14장을 보면

여호수아가 가나안 정복 전쟁을 거의 다 끝내고 이스라엘 각 지파의 지분대로 땅을 분배하고 기업을 삼게 하는 대목이 나온다.

그리고 갈렙에 대한 이야기도 나온다.

갈렙은 여호수아와 같이 가데스바네아에서 모세가 가나안 땅을 정탐하러 보낸 정탐꾼(스파이) 중의 한 명이었다. 그런데 그중 열 명은 하나님 뜻과 어긋난 말 즉 가나안 땅에는 거인들이 살아서 우리 이스라엘 민족의 힘으론 정복할 수 없는 곳이라 보고를 하고 오직 두명 여호수아와 갈렙만이 우리에겐 여호와 하나님께서 함께 하시므로 못 할 게 없고 충분히 정복할 수 있다고 보고한다.

그 결과 하나님 뜻과 어긋난 보고를 한 열 명은 그 자리에서 하나님께서 쳐서 죽게 하고 이스라엘 민족은 40년의 광야 생활을 하고 입성을 하게 된다.

그리고 가데스바네아에 있던 이스라엘 사람들은 단 한 명도 살아서 가나안 땅을 밟지 못할 것이라 하셨지만 오직 두 사람 여호수아와 갈렙만은 나와 같이 젖과 꿀이 흐르는 가나안 땅에 들러 가리라고 축복을 하신다.

그 갈렙의 이야기를 성경 말씀을 빌려 해 보고자 한다.

여호수아서 14장 6절 이하를 보면,

"때에 유다 자손이 길갈에 있는 여호수아에게 나아오고 그니스 사람 여분네의 아들 갈렙이 여호수아에게 말하되 여호와께서 가데스바네아에서 나와 당신에게 대하여 하나님의 사람 모세에게 이르신 일을 당신이 아시는 바라 내 나이 40세에 여호와의 종 모세가 가데스바네아에서 나를 보내어 이 땅을 정탐케 하므로 내 마음에 성실한대로 그에게 보고하였고 나와 함께 올라갔던 내 형제들은 백성의 간담을 녹게 하였으나 나는 나의 하나님 여호와를 온전히 쫓았으므로 그날에 모세가 맹세하여 가로되 네가 나의 하나님 여호와를 온전히 쫓았은즉 네 발로 밟는 땅은 영영히 너와 네 자손의 기업이 되리라 하였나이다… 오늘날 내가 85세로되 모세가 나를 보내던 날과 같이 오늘날 오히려 강건하니 나의 힘이 그때나 이제나 일반이라 싸움에나 출입에 감당할 수 있사온즉 그날에 여호와께서 말씀하신 이 산지를 내게 주소서. 당신도 그날에 들으셨거니와 그 곳에는 아낙 사람이 있고 그 성읍들이 크고 견고할지라도 여호와께서 혹시 나와 함께 하시면 내가 필경 여호와께서 말씀하신 대로 그들을 쫓아내리이다 여호수아가 여분네의 아들 갈렙을 위하여 축복하고 헤브론을 그에게 주어 기업을 삼게 하매 헤브론이 그니스 사람 여분네의 아들 갈렙의 기업이 되어 오늘날까지 이르렀으니 그가 이스라엘 여호와를 온전히 쫓았음이며 헤브론의 옛이름은 기럇 아르바라 아르바는 아낙 사람 가운데 가장 큰 사람이었더라 그 땅에 전쟁이 그쳤더라"라고 되어 있다(창세기 23장을 보면 헤브론은 원래 헷 족속의 땅으로 기럇 아르바라 부르던 곳으로 아브라함이 부인 사라가 죽자 헷 족속의 에브론에게 은 사백 세겔을 주고 사서 마므레 앞 막벨라 굴에 장사葬事하였고 아브라함도 죽어서 여기에 묻혔고 이삭과 리브가도 그리 되었으며 이스라엘이라 칭하는 야곱의 첫째 부인 레아도 여기에 장사되었고 흉년을 피하여 애굽으로 들어간 야곱도 죽기는 애굽에서 죽었으나 아들 요셉이 애굽의 파라오에게 청하여 여기에 장사를 지냈다.).

아버지는 유다 자손인 다윗이 후에 이스라엘 민족의 위대한 왕이 된 것도 갈렙이 이스라엘의 조상 아브라함이 묻힌 헤브론 땅을 차지하여 유다 자손의 기업으로 남겨 줌으로 인하여 유다 자손에서 이스라엘의 왕이 나오지 않았나 생각한다.

최진웅!

여기서 갈렙이란 사람을 한번 주목해 봐라.

나이 40에 하나님에 대한 확신確信을 가졌고 그때에 모세가 준 하나님의 말씀 "네가 나의 하나님 여호와를 온전히 쫓았은즉 네 발로 밟는 땅은 영영히 너와 네 자손의 기업이 되리라" 한 말씀을 나이 85세가 되도록 잊지 않고 새기고 있었으며 "모세가 나를 보내던 날과 같이 오늘날 오히려 강건하니 나의 힘이 그때나 이제나 일반이라 싸움에나 출입에 감당할 수 있사온즉"이라고 한 걸 보면 이를 위하여 건강 또한 각별히 챙겼음을 알 수가 있다.

그리고 또 한 번의 여호와 하나님에 대한 강한 신뢰를 나타내는데 "그곳에는 아낙 사람이 있고 그 성읍들이 크고 견고할지라도 여호와께서 혹시 나와 함께 하시면 내가 필경 여호와께서 말씀하신 대로 그들을 쫓아내리이다"라고 확신한다.

즉 갈렙이란 사람은 하나님을 온전히 믿고 최선을 다해서 자기의 책임을 다하고 강건하게 모든 걸 지켜 왔으니 여호와 하나님께서만 같이하여 주시면 아무리 덩치가 크고 힘이 세며 성이 견고하더라도 분명 싸워서 이기고 쫓아낼 것이라는 절대적인 믿음을 보여 준다.

그러니 최진웅!

우리도 이러한 확신을 가져야 한다.

그리고 나의 몸을 강건하게 하고 나의 목표하는 바에 최선을 다해야 한다.

40세에 이미 하나님에 대한 확신을 가졌고 85세에도 그 확신을 믿으며 종내에는 아브라함이 헷 족속에게 은 400세겔을 주고 산 땅 헤브론을 기업으로 삼고 후대에 이스라엘 민족의 위대한 왕이 유다 자손에서 나오게 한 갈렙의 성실과 믿음을 배워 최진웅도 여호와 하나님께 확실한 기업을 받을 수 있도록 하자.

사랑한다! 내 아들!

2021년 10월 9일
대구에서 아버지가

열한 번째 편지

☾

최진웅!

비가 오고 난 뒤라 가을의 냄새가 확연히 달라지는 것 같다.

그래 이래야 가을이지.

이제 감이 익어 나오고 가을걷이 추수만 하고 나면 늦가을이고 곧 겨울의 초입으로 달려가겠지.

가을이 익어 가는 만큼 '나는 올 한 해 무엇을 거둘려고 일 년을 뛰어 왔나?'를 생각해 보게 되는구나.

출장을 갔다가 네 얼굴이라도 보고 오려고 했더니 예상과 같이 여지없이 퇴짜를 맞고 약만 네 담임 선생님께 전달 부탁하고 내려 왔다.

학원 룰이 그렇다는데 어쩔 방법이 없잖아?

최진웅!

하나님 말씀 고린도전서 6장 2절 이하를 보면,

"가라사대 '내가 은혜 베풀 때에 너를 듣고 구원의 날에 너를 도왔다' 하셨으니 보라 지금은 은혜 받을 만한 때요 보라 지금은 구원의 날이로다 우리가 이 직책이 훼방譏誘을 받지 않게 하려고 무엇에든지 아무에게도 거리끼지 않게 하고 오직 모든 일에 하나님의 일꾼으로 자천하여 많이 견디는 것과 환난과 궁핍과 고난과 매맞음과 간힘과 요란擾亂한 것과 수고로움과 자지 못함과 먹지 못함과 깨끗함과 지식과 자비함과 성령의 감화와 거짓이 없는 사랑과 진리의 말씀과 하나님의 능력 안에 있어 의의 병기로 좌우하고 영광과 욕됨으로 말미암으며 속이는 자 같으나 참되고 무명無名한 자 같으나 유명有名한 자요 죽은 자 같으나 보라 우리가 살고 징계懲戒를 받는 자 같으나 죽임을 당하지 아니하고 근심하는 자 같으나 항상 기뻐하고 가난한 자 같으나 많은 사람을 부요하게 하고 아무 것도 없는 자 같으나 모든 것을 가진 자로다"라고 적고 있다.

이 말씀을 빌려서 생각을 해 보면,

우리가 어떤 직책을 받고 하나님 또는 세상의 일꾼으로 살아 가려면 스스로 원하여 "많이 견디는 것과 환난과 궁핍과 고난과 매맞음과 간힘과 요란擾亂한 것과 수고로움과 자지 못함과 먹지 못함과 깨끗함과 지식과 자비함과 성령의 감화와 거짓이 없는 사랑과 진리의 말씀과 하나님의 능력 안에 있어 의의 병기로 좌우하고 영광과 욕됨으로 말미암으며"라고 한 바와 같이 온갖 어려움과 환난을 이겨 내야 하고 항상 진실된 마음으로 하나님의 능력 안에서 최선을 다해야 하반 절의 내용과 같이 "속이는 자 같으나 참되고 무명한 자 같으나 유명한 자요. 죽은 자 같으나 보라 우리가 살고 징계懲戒를 받는 자 같으나 죽임을 당하지 아니하고 근심하는 자 같으나 항상 기뻐하고 가난한 자 같으나 많은 사람을 부요하게 하고 아무것도 없는 자 같으나 모든 것을 가진 자로다"라는 말을 들을 수 있는 사람이 된다.

최진웅!

이 가을에 많은 것을 만끽하고 향유하고 싶겠지만 사도 바울이 고린도교회 성도들에게 주신 말씀대로 진정한 일꾼으로 거듭나기 위하여 지금의 이 "많이 견디는 것과 환난과 궁핍과 고난과 매 맞음과 갇힘과 요란한 것과 수고로움과 자지 못함과 먹지 못함"을 견디지 않겠느냐?

그래서,

"무명한 자 같으나 유명한 자요 죽은 자 같으나 보라 우리가 살고 징계를 받는 자 같으나 죽임을 당하지 아니하고 근심하는 자 같으나 항상 기뻐하고 가난한 자 같으나 많은 사람을 부요하게 하고 아무것도 없는 자 같으나 모든 것을 가진 자로다"란 말을 들을 수 있도록 하자.

최진웅!

더 강하고 굳세게 전진하는 하루하루를 보낼 수 있도록 하자.

어떠한 유혹과 환난에도 좌절하거나 흔들리지 말자.

그래서 종내에는,

"아무것도 없는 자 같으나 모든 것을 가진 자로다"란 말을 들을
수 있도록 하자.

오늘도 힘내라! 내 아들! 파이팅!

2021년 10월 16일

대구에서 아버지가

열두 번째 편지

최진웅!

어느덧 10월의 마지막 주다.

아버진 10월 말에 네 고모분들(청도 큰고모와 부산의 작은고모)의 청도 네 조부모 산소가 있는 땅 관련 지분을 정리하느라 나름 바쁘게 움직였다.

아버지 형제 6남매 공동 명의로 해 두었는데 아무래도 네 조부모 산소를 네 외사촌들이 보살피지는 못할 것 같고, 또 아버지가 지난 겨울에 네 큰아버지들의 못자리는 다 만들어 두었으나, 네 고모분들은 다 네 고모부가 계신 곳에 매장될 것이기에 생각난 김에 또 돈에 조금 여유가 있기에, 정리를 할 건 빨리 하지 싶어서 네 고모분들이 섭섭하지 않을 정도의 금액으로 합의하여 아버지가 사들이는 것으로 해서 정리를 했다.

나머지는 최씨 성을 가진 네 사촌끼리 정리를 하면 되는 것이고 또 그 땅은 네 조상의 묘와 비석이 있는 땅이니 어디에 팔지는 못

할 것이다.

그 땅을 정리하느라 청도의 법무사에 갔다 오면서 언젠가 들은 우리말 중에 쌍기역에 대한 단어를 생각해 봤는데 상당히 재미가 있더구나.

최진웅! 생각해 봐라.

무슨 단어들이 있을 것 같아?

진짜 좋은 의미의 단 단어가 한 여섯 가지 정도가 생각이 나더라고.

꿈: 희망, 비전vision

끼: 잠재력, 재능

깡: 근성, 악바리

꾀: 재주, 숨은 실력

꾼: 기술skill, 전문성professional

끈: 노력, 연줄

생각보다 많제?

여기서 남들이 생각에 따라서 여섯 번째의 끈은 나쁜 의미가 아니냐, 할지 모르지만 아니다.

한 예로 "그 친구 가방끈 길다."라고 이야기하면 상대방이 비꼬는 듯하지만 사실은 그 친구가 열심히 공부했고 그래서 좋은 대학을 다녔고 석·박사 정도 된다는 말인 거지.

물론 본인의 노력이 아닌 것으로 결정되는 혈연, 지연도 있지만 그것도 본인이 노력하여 좋은 관계로 만들면 혈연. 지연도 나아지게 되어 있다.

아버지가 생각하기에 아버진 '끼'와 '꾀'는 별로 없었던 것 같고 나머지는 아버지 나름대로 갖추지 않았나 생각을 해 봤다.

진웅이도 한번 생각해 봐라.

여섯 개 중 몇 개가 네가 가지고 있고 해당이 되는지.

최진웅!

하나님 말씀 마가복음 4장 26절 이하를 보면,

"하나님의 나라는 사람이 씨를 땅에 뿌림과 같으니 저가 밤낮 자고 깨고 하는 중에 씨가 나서 자라되 그 어떻게 된 것을 알지 못하느니라 땅이 스스로 열매를 맺되 처음에는 싹이요 다음에는 이삭이요 그다음에는 이삭에 충실한 곡식이라 열매가 익으면 곧 낫을 대나니 이는 추수 때가 이르렀음이니라 또 가라사대 하나님의 나라를 어떻게 비하며 또 무슨 비유로 나타낼꼬 겨자씨 한 알과 같으니 땅에 심길 때에는 땅위의 모든 씨보다 작은 것이로되 심긴 후에는 자라서 모든 나물보다 커지며 큰 가지를 내니 공중의 새들이 그 그늘에 깃들일만큼 되느니라"

최진웅!

이젠 진짜 추수할 때가 된 것 같다.

네게도 절기적으로도.

추수에 많이 거둘 수 있도록 하고 또 겨자 나무처럼 심길 때는 눈에 보이지 않을 정도의 작은 씨였으나 심기고 난 뒤 자라서 모든 새들이 깃들을 수 있는 큰 나무가 되자.

10월 추수의 축복을 누릴 수 있도록 하자.

남은 기간 건강 잘 유지하고.

2021년 10월 30일

대구에서 아버지가

열세 번째 편지

최진웅!

11월 첫 주 토요일인데 제법 날씨가 쌀쌀하네. 이럴 때 건강 조심해야 한다.

이제 수능이 열흘 조금 더 남은 것 같다.

즉 이제 마무리 시간이 다가 오고 있다는 것이다.

이럴 때일수록 흔들리지 말고 중심을 제대로 잡고 가고자 하는 길을 똑바로 쳐다보고 제 갈 길을 가야 하는 법이다.

목표가 바로 코앞이라고 엔딩 테이프가 눈앞에 보인다고 달리기를 멈춘다면 뒤따라오는 선수에게 추월당하기 마련이고 또 다리에 힘을 풀면 달리던 가속에 의해 넘어지기 십상이다.

그러니 결승점을 통과하고 난 뒤에 속도를 줄이고 다리에 힘을 풀어야 하는 게 기본이다.

하나님 말씀에도 최진웅!

모세가 이스라엘 민족과 더불어 광야 생활 40년을 마무리할 즈음에 이스라엘의 장로들과 백성들에게 경계하며 축복하여 이르는 말이 신명기 28장 1절 이하에 나오는데,

"네가 네 하나님 여호와의 말씀을 삼가 듣고 내가 오늘날 네게 명하는 그 모든 명령을 지켜 행하면 네 하나님 여호와께서 너를 세계 모든 민족 위에 뛰어나게 하실 것이라 네가 네 하나님 여호와의 말씀을 순종하면 이 모든 복이 네게 임하며 네게 미치리니 성읍에서도 복을 받고 들에서도 복을 받을 것이며 네 몸의 소생所生과 네 토지의 소산所産과 네 짐승의 새끼와 네 우양牛羊의 새끼가 복을 받을 것이며 네가 들어와도 복을 받고 나가도 복을 받을 것이니라 네 대적對敵들이 일어나 너를 치려하면 여호와께서 그들을 네 앞에서 패하게 하시리니 그들이 한 길로 너를 치러 들어왔으나 네 앞에서 일곱 길로 도망하리라 여호와께서 명하사 네 창고와 네 손으로 하는 모든 일에 복을 내리시고 네 하나님 여호와께서 명을 내리시고 네 하나님 여호와께서 네게 주시는 땅에서 네게 복을 주실 것이며 네가 네 하나님 여호와의 명을 지켜 그 길로 행하면 여호와께서 네게 맹세하신 대로 너를 세워 자신의 성민聖民이 되게 하시리니 너를 여호와의 이름으로 일컬음을 세계 만민이 보고 너를 두려워하리라 여호와께서 네게 주리라고 네 열조에게 맹세하신 땅에서 네 몸의 소생과 육축의 새끼와 토지의 소산으로 많게 하시며 여호와께서 너를 위하여 하늘의 아름다운 보고를 열으사 네 땅에 때에 따라 비를 내리시고 네 손으로 하는 모든 일에 복을 주

시리니 네가 많은 민족에게 꾸어줄지라도 너는 꾸지 아니할 것이요 여호와께서 너로 머리가 되고 꼬리가 되지 않게 하시며 위에만 있고 아래에 있지 않게 하시리니 오직 너는 오늘날 내가 네게 명하는 네 하나님 여호와의 명령을 듣고 지켜 행하며 내가 오늘날 너희에게 명하는 그 말씀을 떠나 좌로나 우로나 치우치지 아니하고 다른 신을 따라 섬기지 아니하면 이와 같으리라"라고 적고 있다.

여호와 하나님께서 이스라엘 백성에게 가나안 땅 입성 전에 하나님의 사람 모세를 통하여 축복을 하시는데 전제 조건이 "내가 오늘날 네게 명하는 그 모든 명령을 지켜 행하면"이다.

그리고 마지막에 다시 한번 강조하시는 말씀이 "너는 오늘날 내가 네게 명하는 네 하나님 여호와의 명령을 듣고 지켜 행하며 오늘날 너희에게 명하는 그 말씀을 떠나 좌로나 우로나 치우치지 아니하고 다른 신을 따라 섬기지 아니하면" 하신다.

즉 처음과 끝이 한결같아야 한다는 것이다.

처음 시작할 때의 갈급하고 간절함을 마지막까지 잘 유지하고 그 갈급하고 간절함을 끝까지 지키며 노력하는 자만이 최종 영광의 면류관을 쓰게 되는 것이다.

아버진 이 말씀을 읽으면서 제일 마음에 드는 구절이 "네가 들어와도 복을 받고 나가도 복을 받을 것이니라"란 구절과 "네 손으로 하는 모든 일에 복을 주시리니 네가 많은 민족에게 꾸어 줄지라도 너는 꾸지 않을 것이요. 여호와께서 너로 머리가 되고 꼬리가 되지 않게 하시며 위에만 있고 아래에 있지 않게 하시리니"란 구절이었다.

이 얼마나 엄청난 축복이야?

들어와도 복을 받고 나가도 복을 받고 내 손으로 하는 모든 일에 복을 주신다는데?

그리고 꾸어 줄지언정 꾸지는 않게 해 주시겠다는데?

게다가 머리가 될지언정 꼬리는 되지 않게 해 주시겠다는데?

그리고 위에만 있고 아래엔 있지 않게 해 주신다는데?

엄청난 축복이잖아!

단, 조건이 처음과 끝이 한결같이 하나님 여호와의 명령을 지켜 행하여야 한다는 조건이지만.

최진웅!

여호와 하나님의 명령도 그렇지만, 네가 오수를 시작할 때의 갈급하고 간절함만이라도 마지막까지 한결같이 간직할 수 있도록 하자.

그래서 후회를 하지 않는 시간을 보냈다고 큰소리칠 수 있도록 하자.

지금까지 내 아들 최진웅은 그렇게 했다고 아버진 믿는다.

그러기에 아버진 모세가 광야 생활 40년을 마칠 즈음에 이스라엘 장로와 백성에게 한 그 축복이 진웅이에게도 충분히 미치리라 생각을 한다.

"네 손으로 하는 모든 일에 복을 주시리니 네가 많은 민족에게 꾸어 줄지라도 너는 꾸지 않을 것이요 여호와께서 너로 머리가 되

고 꼬리가 되지 않게 하시며 위에만 있고 아래에 있지 않게 하시리
니"란 그 말씀이….

바로 진웅이에게 주는 축복이라고 아버진 믿어 의심치 않는다.

2021년 11월 6일
대구에서 아버지가

열네 번째 편지

최진웅!

11월의 둘째 주 금요일이자 진웅이가 결전을 엿새 앞둔 날이구나.

날씨는 제법 쌀쌀해지고 있는데 몸은 어떠한지? 컨디션은 어떤지?

옆에 있어 본들 아버지가 해 줄 건 별로 없는데 멀리 떨어져 있으니 그냥 "앉은뱅이 용쓴다."라고 마음만 급박하구나.

내가 이럴진대 정작 너는 나보다 더하겠지?

그러나 "바쁠수록 돌아가라."라고 이럴 때일수록 마음의 평정과 안정이 필요하다.

즉 멘탈이 강해야 한다. 그래야 담대함에 이를 수 있고 당당히 맞설 수가 있다.

최진웅!

아버지가 지난 9월에 네가 9평을 치고 난 뒤 행여 자만에 빠질까 해서 노파심에 남유다의 아사왕 이야기를 편지로 써 보낸 적이 있을 것이다.

오늘은 그 아들 여호사밧왕에 왕에 대하여 하나님 말씀을 토대로 한번 이야기를 해 볼까 한다.

하나님 말씀 역대하 17장에 보면,

"아사의 아들 여호사밧이 대신하여 왕이 되어 스스로 강하게 하여 이스라엘을 방비하되 유다의 모든 견고한 성읍에 군대를 주둔하고 유다 땅과 또 그 아비 아사가 취한 바 에브라임 성읍에 영문을 두었더라 여호와께서 여호사밧과 함께 하셨으니 이는 그가 그 조상 다윗의 처음 길로 행하여 바알들에게 구하지 아니하고 오직 그 부친의 하나님께 구하며 그 계명을 행하고… 저가 전심으로 여호와의 도를 행하여 산당과 아세라 목상들도 유다에서 제하였더라"

이러한 여호사밧왕의 부귀와 영광이 극에 달했을 때 북이스라엘의 아합왕이 연혼連婚하여 길르앗 라못을 치기를 종용하기로 같이 올라가 그들을 치나 역부족하여 북이스라엘의 아합왕은 그 전쟁에서 죽고 여호사밧왕은 여호와 하나님께서 도우사 무사히 예루살렘으로 돌아온다.

이후 여호사밧왕이 악한 자를 돕고 여호와를 미워하는 자(아합왕)를 사랑하였음에 대해 뉘우치고 다시 남유다 전체를 순행하며 그의 백성들이 다시 여호와께로 돌아오게 한다.

그 후에 모압 자손과 암몬 자손이 세일산 사람들과 같이 와서 남유다를 치려고 큰 무리를 지어 올라오는 것을 누가 여호사밧왕에게 고하자,

"여호사밧이 여호와의 전 새 뜰 앞에서 유다와 예루살렘의 회중 가운데 서서 가로되 '우리 열조의 하나님 여호와여 주는 하늘에서 하나님이 아니시나이까 이방 사람의 모든 나라를 다스리지 아니하시니이까 주의 손에 권세와 능력이 있사오니 능히 막을 사람이 없나이다 우리 하나님이시여 전에 이 땅 거민을 주의 백성 이스라엘 앞에서 쫓아내시고 그 땅으로 주의 벗 아브라함의 자손에게 영영히 주시지 않으셨나이까 저희가 이 땅에 거하여 주의 이름을 위하여 한 성소를 건축하고 이르기를 만일 재앙이나 난리亂離나 견책譴責이나 온역溫疫이나 기근饑饉이 우리에게 임하면 주의 이름이 이 전에 있으니 우리가 이 전앞과 주의 앞에 서서 이 환난 가운데서 주께 부르짖은즉 들으시고 구원하시리라 하였나이다… 우리 하나님이여 저희를 징벌하지 아니하시나이까? 우리를 치러 오는 이 큰 무리를 우리가 대적할 능력이 없고 어떻게 할 줄도 알지 못하옵고 오직 주만 바라 보나이다' 하고 모든 유다 사람은 그 아내와 자녀와 어린자로 더불어 여호와 앞에 섰더라"

이렇게 여호사밧왕은 사람의 힘으론 감당할 수 없음을 알고 온 유다 사람들과 일체가 되어 여호와 하나님께 매달린다.

그러자 은혜의 하나님 평강의 하나님 여호와께서 레위 사람 야하시엘에게 임하여 가로되,

"온 유다와 예루살렘 거민과 여호사밧왕이여 들을지어다 여호와께서 너희에게 말씀하시기를 이 큰 무리로 인하여 두려워하거나 놀라지 말라 이 전쟁이 너희에게 속한 것이 아니요 하나님께 속한

것이니라 내일 너희는 마주 내려가라 저희가 시스 고개로 말미암아 올라 오리니 너희가 골짜기 어귀 여루엘 들 앞에서 만나려니와 이 전쟁에는 너희가 싸울 것이 없나니 행오를 이루고 서서 너희와 함께한 여호와가 구원하는 것을 보라 유다와 예루살렘아 너희는 두려워하며 놀라지 말고 내일 저희를 마주 나가라 여호와가 너희와 함께하리라" 한다.

이에 온 유다와 예루살렘 거민들이 경배하고 큰 소리로 하나님 여호와를 찬송하자 암몬 자손과 모압 자손과 세일산 사람들이 서로가 서로를 치게 하여 진멸하게 한다.

그래서 역대하 20장 29절 말씀을 보면,

"이방 모든 나라가 여호와께서 이스라엘의 적군을 치셨다 함을 듣고 하나님을 두려워한고로 여호사밧의 나라가 태평하였으니 이는 그 하나님이 사방에서 저희에게 평강을 주셨음이더라"

라고 되어 있다.

최진웅!

이를 보면 내 마음의 내외적 평강은 나의 믿음에 기인한다.

아버지가 성경 말씀을 읽으면서 여호와 하나님께서 이스라엘 민족에게 너희는 가만히 서서 보라고 한 부분은 여기의 여호사밧왕 때와 출애굽 후 홍해를 건너기 전 앞에는 바다요 뒤에는 애굽 군대가 쳐들어오는 절체절명의 위기에서 당황해 하며 모세에게 원망하는 이스라엘 민족에게 진정한 여호와 하나님의 권세와 영광이 뭔지를 가르치기 위해서 보여 주신 장면 두 곳이었다.

출애굽기 14장 13절에 보면,

"모세가 백성에게 이르되 너희는 두려워 말고 가만히 서서 여호와께서 오늘날 너희를 위하여 행하시는 구원을 보라 너희가 오늘 본 애굽 사람을 또다시는 영원히 보지 못하리라 여호와께서 너희를 위하여 싸우시리니 너희는 가만히 있을지니라" 라고 적고 있다.

모세가 이 말을 한 후에 지팡이를 바다에 닿게 하여 홍해를 가르고 이스라엘 민족이 이를 건너가게 해 이스라엘 민족을 구원하고 애굽의 군대를 이 홍해에 수장시키는 역사를 보여 주신다.

최진웅!

지금까지 진웅이가 혼신을 다해서 또 최선을 다해서 노력하였다고 아버진 믿는다.

그러하기에 최진웅! 이젠 여호와 하나님께 모든 걸 맡기고 여호사밧왕 때의 여호사밧왕과 유다와 예루살렘의 회중들처럼 그리고 홍해를 앞에 둔 이스라엘 민족들처럼 이젠 여호와 하나님께서 하시는 역사를 의연하게 지켜보자.

경배하고 기도하면서 또 찬송하면서.

그동안 수고했다! 내 아들! 사랑한다!

2021년 11월 12일

대구에서 아버지가

열다섯 번째 편지

최진웅!

다시 한번 하나님 말씀 여호수아서 1장 9절 말씀을 되새겨 보자.

"내가 네게 명한 것이 아니냐 마음을 강하게 하고 담대히 하라 두려워 말며 놀라지 말라 네가 어디로 가든지 네 하나님 나 여호와가 함께하느니라"

최진웅!

그리고 하나님 말씀 신명기 33장 29절에 보면,

"이스라엘이여 너는 행복한 자로다 여호와의 구원을 너같이 얻은 백성이 누구뇨 그는 너를 돕는 방패시요 너의 영광의 칼이시로다 네 대적이 네게 복종하리니 네가 그들의 높은 곳을 밟으리로다"

라고 적고 있는데 여기서 이스라엘을 최진웅이라 바꿔 보자.

그러면

"최진웅이여 너는 행복한 자로다.

여호와의 구원을 너같이 얻은 백성이 누구뇨.

여호와는 너를 돕는 방패시요.너의 영광의 칼이시로다.

네 대적이 네게 복종하리니 네가 그들의 높은 곳을 밟으리로다."

최진웅!

시험 날 그 자리에 아버진 함께하지 못하지만 아버지의 하나님 그리고 진웅이의 하나님 여호와께서 너와 함께할 것이며 네 대적을 네게 복종하게 하고 그들의 높은 곳을 밟아 기를 못 쓰게 할 것이니,

너는 마음을 강하게 하고 담대히 하여 여호와의 방패와 칼로 싸워 이길 일만 남은 것이다.

그러니 절대 두려워하거나 놀라지 말고 영광의 승리만을 믿고 바라보자.

파이팅! 내 아들! 사랑한다!

2021년 11월 16일

대구에서 아버지가